艾梅洛閣下II世事件簿

7

「case.阿特拉斯的契約（下）」

三田誠

插畫／坂本みねぢ

艾梅洛閣下Ⅱ世……鐘塔　現代魔術科　君主
格蕾……艾梅洛閣下Ⅱ世的寄宿弟子
貝爾薩克……「布拉克摩爾墓地」的守墓人

伊露米亞…村莊教堂的修女
史賓・格拉修葉特…鐘塔現代魔術科的學生
費拉特・厄斯克德司…鐘塔現代魔術科的學生
翠皮亞・艾爾多那・阿特拉希雅…阿特拉斯院院長、死徒
Characters
Lord El-Mello II Case Files

「如果逃得掉……就逃吧。」
她這麼呢喃。
嗓音宛如石塊在摩擦一般沙啞，就像已有多年不曾說話的人強行運用聲帶發聲。
「逃得遠遠的，奔逃到任誰也無法觸及之處。如果那種地方真的存於世上，就逃進遙遠的理想鄉（Avalon）吧。」
那句話宛如祈禱。

——節錄自第一章

艾梅洛閣下II世事件簿

7

「case.阿特拉斯的契約（下）」

Kadokawa
Fantastic
Novels

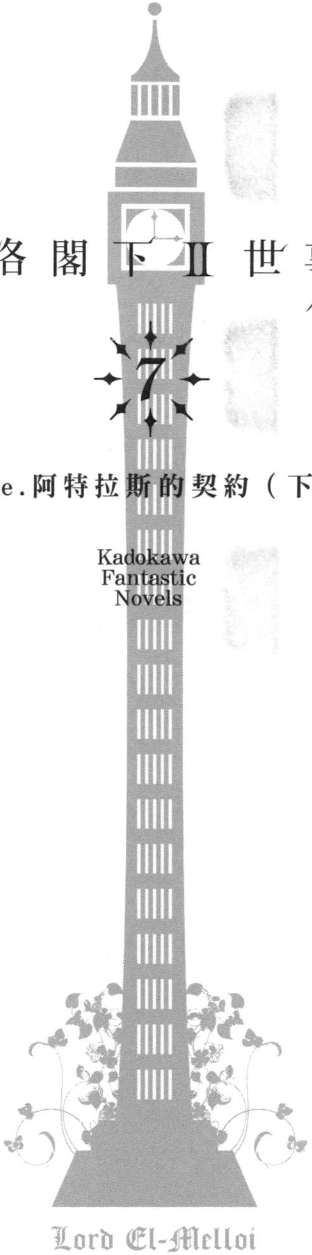

Lord El-Melloi
II
Case Files

插畫／坂本みねぢ

艾梅洛閣下II世事件簿

7「case.阿特拉斯的契約（下）」

目錄 Contents

◆序章◆

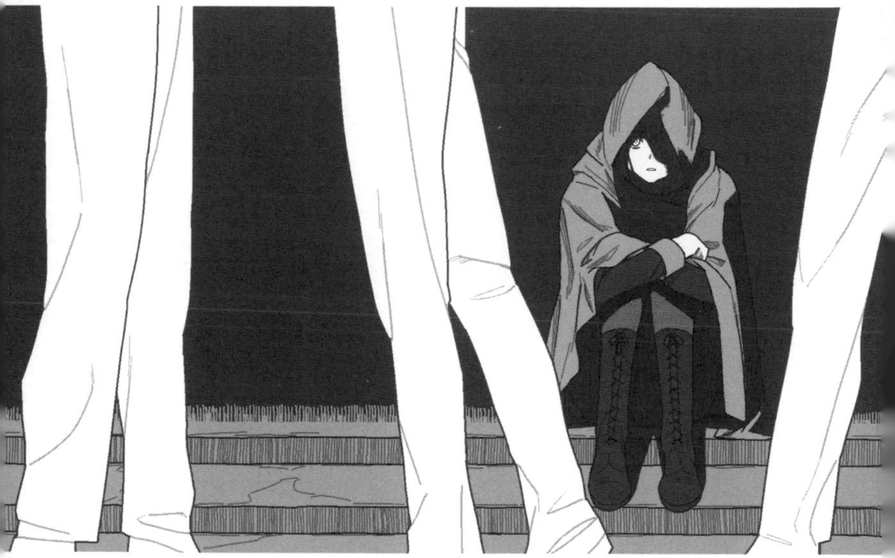

——自懂事之後我便知道，腳步聲會傳達某些訊息。

比方說，響亮熱鬧的腳步聲。

比方說，有如祈禱般安靜的腳步聲。

比方說，嘈雜且流露出悲傷的腳步聲。

因為大家沒想到腳步聲會展現出情緒，反倒藉此坦率地表達了心情。啊啊，在不擅長與人交談的我看來，聆聽腳步聲或許比對話更容易讓我理解對方。

雙親的腳步聲則有兩種。

關愛我的腳步聲，與崇拜我的腳步聲。

比率漸漸偏重向後者，從大約十年前起有了決定性的變化……在這個情況下，應該寫作致命性的變化嗎？

每天早晨，腳步聲一點一滴地逐漸改變。

宣告新的一天開始，雖然經常絆到東西，卻顯得歡喜的腳步聲。

變成簡直像在接觸神祇一般，充滿虔誠的腳步聲。

烤麵包的香味是從何時開始讓我發冷的？熱騰騰的湯與翠綠的沙拉是從何時開始讓我

感到不對勁的？雙親開始仔細觀察我進食時的表情，對於任何細微變化都產生異樣的強烈反應，這樣的關懷令我想要大聲哭叫，這又是從何時開始的呢？

其實我很清楚。

是從十年前的某個時期開始的。

是從我的身體以驚人之勢發生轉變，周遭眾人稱我為神子的那一天開始的。村莊裡原本就幾乎沒有與我年齡相近的人，也沒有可以與我輕鬆交談的對象，但從那個時期開始，這樣的人真的完全不存在了。

自父親去世後，母親更加熱切地投入對我的生活管理，睡眠及禮拜不用多說，她還開始注意我進食的順序及穿衣的方式，周遭眾人的態度也自然而然受到她的影響。

……啊，不。

只有一個人。

就算是這樣的我，還是有一個朋友。

雖然那傢伙不走路，無從發出腳步聲，但他並未逃離我身旁，也沒把我當成什麼神子崇拜。

「妳又在掉眼淚啦，慢吞吞的格蕾。」

總是滿口講著這種話，裝在鳥籠裡的匣子。
取代了我的徹底變化，覺醒了的封印禮裝。
於是，現在——

✦第一章✦

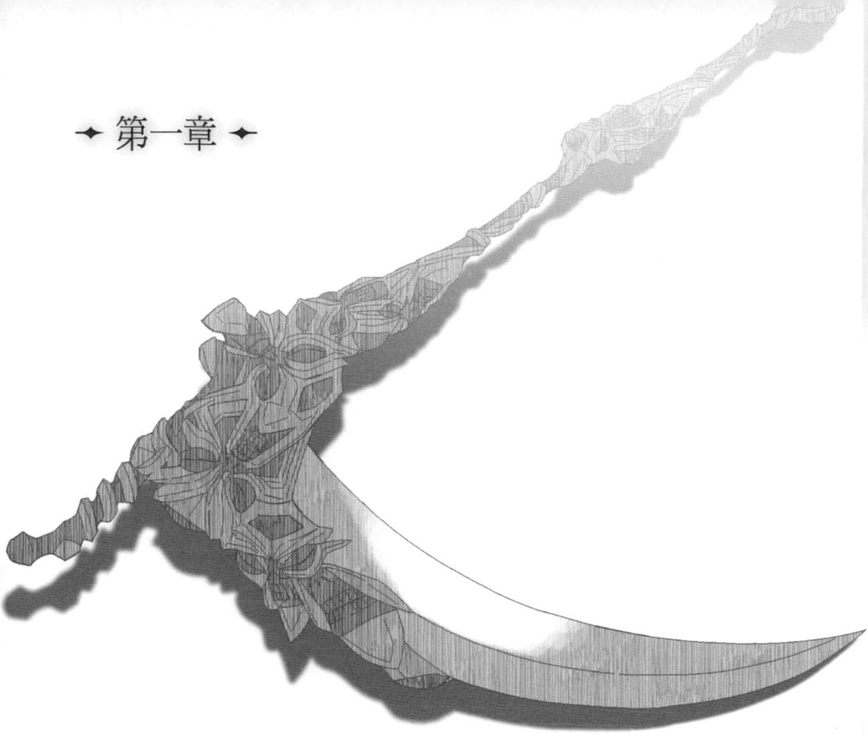

1

我們癱坐在狹窄的地道裡。

四面的土牆與天花板彷彿隨時都可能崩塌，讓待在地道內的人極度不安。正常來想，地道應該超過數百年都保持著這樣的狀態，所以沒必要感到害怕，視覺效果卻總會對人類造成影響。

「……總之，我們撤退了是嗎？」

老師喘著氣，調整呼吸。

他的目光投注於新加入的人物。

臉孔模糊不清的白銀騎士佇立於那裡。

不過，我所說的模糊並非是指他的表情。實際上不只臉孔，他包括手腳在內的整體輪廓都顯得朦朧。就算如此，配上他那不明所以，感情豐沛的——應該說表現豐富的一舉一動，大致上還是能判斷出他現在心情如何。

「那是當然嘍。我本來就不適合這種刀光劍影的街頭表演，看重的只有用來摟抱女人的手和嘴裡的舌頭而已。光是能夠從那堆教人鬱悶的骸骨兵之間清出一條路逃回安全區域，你們就該視作是種難得的幸運了。」

從他光明正大地這麼宣言來看，這人大概是真的擁有實力。

畢竟確實是為他所救，我們也沒辦法反駁。

我們逃離那群骸骨兵，一頭霧水地不斷奔跑，總算抵達了此處。除了一開始走下的階梯，這個地下洞窟似乎還連接著許多岔路，我們正躲在其中一條岔路裡。

於是——

「…………」

我依舊一片茫然。我連作夢也沒想過，會從亞德內部出現這樣的騎士。我怎麼可能想得到？

我的手中現在仍握著鐮刀。

藉此忍受彷彿隨時會令我崩潰的恐懼。

老師瞥了我一眼後，悄然開口。

「你方才說你是凱爵士吧？」

「哦，你尊稱我為爵士？」

「那是當然的，凱爵士（Sir Kay）。若你是那位亞瑟王的義兄的話。」

明明知道這件事，我卻險些發出驚叫。

亞瑟王的傳說。在不列顛家喻戶曉的聖劍與圓桌傳奇。受到許多冒險與羅曼史點綴的騎士傳奇原型。

那句話聽得騎士咂嘴。

「出來的人是我，真可惜啊。說歸這麼說，傳說這種玩意兒，在實際遇到後覺得失望也是當然的。就像在夜空中閃耀的星辰，實際觸摸後就會發現大多都是石塊吧？雖然當中應該有一些星辰的光芒足以讓人覺得真相無關緊要，但那種無聊的玩意兒不合我的胃口。」

他十分不快地皺起眉頭。

他的一舉一動都讓我感到不安。

我認得那些舉止。明明認得，卻與記憶不相符。明明不相符，我內心某處卻十分篤定兩者來自同樣的源頭。矛盾的感情與印象不斷動搖我。

「……聖杯會賦予聖杯召喚的使役者現代的知識，那麼，除此之外的英靈，是由世界賦予知識嗎？」

「哈！魔術師真是不管何時何地都記了一堆沒用的故事啊。我看你是不是像舊書一樣都長書蟲了？」

「或許沒錯。」

老師一本正經地頷首，騎士越發沒精打采似的聳了聳肩。

「不過，你這個推論以答案而言算是三十分。我既不是使役者，也不是英靈。因為並非來自英靈座，世界也沒有理由灌輸知識給我。方才的訊息是銘刻在那個吝嗇鬼封印禮裝裡的知識。」

騎士訂正道。

最後那句話帶給我最為強烈的衝擊。

聽到那句臺詞，我拉開緊繃的喉嚨猛然大喊。

「亞德怎麼樣了！」

我忍不住跪著爬過去。

「為什麼他沒有回應我的呼喚！他壞掉了嗎！」

在我的人生中，或許是頭一回像這樣去逼問初次見面的對象。此刻的我忘掉所有膽怯與恐懼，逼近那名白銀騎士。

騎士的手伸了過來。

他用拳頭敲了鐮刀表面一下。

「他並未損壞。」

騎士——凱搖搖頭。

那句話給我帶來了深刻的救贖。

「不過，他暫時停止運作了。我能像這樣化為實體，也是靠他消耗一直累積的魔力才辦到的，算是種祕技吧。當然，一方面也是這裡的環境適合所致。」

「停止運作……」

我握緊大鐮刀，吞了口口水。那到底會停止多久？

一天？一個月？一年？或者需要更加漫長的時間？

只是，騎士似乎也沒有答案。雖然那是我最想知道的事，但我忍住衝動，尋找其他有意義的問題。必須詢問的事情堆積如山，我從中挑出一些比較有用的問出口。

「那麼，為什麼你會從亞德內部……」

「我想那邊的魔術師大致上都明白了吧？」

騎士拋出話頭。

老師在停頓了一會兒後回答。

在停頓下來，謹慎地考慮過假說之後——

「亞德的人格模型本來就是你吧？在這裡所指的人格模型，也包括肉體及裝備的細節條件在內。因為人格絕非只取決於精神……不過，我不明白你能夠像這樣化為實體的理由。」

老師開口道。

「大致上就是這麼回事。」

「人格……模型……？」

「那把『槍』啊。」

騎士指向我的大鐮刀說道，這代表他知道這柄大鐮刀的真面目。不過，他是亞德召喚出來的，這也是理所當然。

聖槍先鋒之槍。

據說那從前曾是亞瑟王用過的武具，與聖劍勝利之劍齊名的寶具。

「嚴格來說，我是用來封印這把『槍』的禮裝的人格模型。這座村莊可是那傢伙的遺體與『槍』最早被運送至的地點。」

騎士看似感到十分不耐煩似的繼續道。

「然後，要封印『槍』的時候，我被選為親族中最適合的人格。哈，因為我跟其他騎士(傻瓜)們不同，對武功或神祕不感興趣，不會搞出封印後卻想積極解除封印的蠢事。那種教人目不忍睹的傢伙，只要睡得著，最好就盡量沉睡。」

騎士所說的內容，我只聽得懂一半左右。

那是指他曾經效命的國王嗎？

亞瑟王。

對他而言的義弟——按照我故鄉的傳說，應該是義妹。他們的關係似乎相當複雜。

「我不知道那傢伙的遺體最後怎麼樣了。格拉斯頓伯里堅持當地是他象徵上的埋骨之地，那個說法一定也有其意義吧。因為人類的信仰所在之處會存在意義。那傢伙一路以來所保衛的就是這座島本身，也沒有僅限特定地點才能當成墳墓這種事吧？」

騎士以輕快卻陰鬱的口吻說道。

可是，那番話沉重地壓在了我的胸口。他的每一句話都宛如自遙遠時代響起的喪鐘。這大概是因為我接觸過了。在解除「十三封印」中的五道封印之際，我聽見包含凱爵士在內的騎士們立下的誓言片段。

「此為，為生存而戰。」

——承認，凱。

「…………」

我深呼吸。

自己的想法只屬於自己。

就算當時我聽見了他們的聲音，也不能強加在眼前的騎士身上。就算他們的聲音鼓勵過我，告訴騎士這件事也沒有任何幫助。我應當面對的，是此刻置身於此的這個人。

我謹慎地斟酌詞彙。

我朝騎士抬起頭。

卻正好與在這時候探頭注視我的騎士四目交會。

「不過，還真像啊。」

「咦？」

「不，我收回那句話。雖然像卻不像。嗯，一點也不像。」

他自顧自地這麼接受後，微微頷首。

是像還是不像呢？

當然，我知道騎士說的對象是誰。大家一直告訴我，我長得像那個人。

「我、那個，跟亞瑟王——」

「一個人的印象並非只建立在長相上，妳要像那傢伙還差得遠，無論妳的由來如何都一樣。」

騎士說著，轉動肩膀。

「無論如何，你們想從這個複雜的狀況中脫身吧？在脫身之前，我會同行的，畢竟那是這傢伙召喚我出來的目的。儘管勞動環境有些問題，短期間的話倒還能忍受。」

「你不說地點，而說了狀況，是因為你知道我們正在遭遇什麼樣的情況嗎？」

騎士不耐煩地如此回答老師的問題。

「我當然知道。你們說過這是『第二輪』吧。」

第二輪。

我們透過翠皮亞之手，從足足半年後的時間軸上傳送至此。雖然不清楚這裡是否為實際上的過去，但已經足以讓我這樣認為。

從前，我與老師才剛相遇之後的時間。

「那個訊息也來自亞德嗎？」

「對。雖然很複雜，凡是這女孩耳聞、目睹過的事，匣子大多也會掌握其內容，而那些訊息也會與我共享。」

「我想再問一個問題。」

老師補充道。

「這個地下洞窟到底是什麼？」

「很遺憾的，亞德不知情的事我也不知情。生前的我並未被直接帶來此處啊。」

騎士動作誇張地聳肩。

「不過，這裡的確可以說是布拉克摩爾墓地的主體。」

陰鬱的嗓音沉澱在地底陰涼的昏暗之中。

2

【……他們跑了？】

那股意念輕盈地在洞窟裡擴散。

戴面具的少女坐在中央。

怪異的骸骨兵們宛如護衛著她一般佇立於周遭。場面明明像恐怖片般令人毛骨悚然，卻不知為何又伴隨著奇異的莊嚴與真摯。

如同已然失落的久遠騎士傳奇。

【怎麼辦到的？】

她提問，數名骸骨兵就喀噠喀噠地咬合牙關。雖然沒有發出正常的言語，那個舉動似乎成功向少女傳遞了某些訊息。

【有白銀騎士現身？】

停頓大約幾秒鐘後，意念繼續道。

面具少女輕觸下巴，思索半晌。

【追。】

骸骨兵群展開行動。

它們三三兩兩分頭進入洞窟的幾條岔路。不知道是什麼機制所致，只由骨骼及與魔力組成的它們似乎也具備自我判斷能力。

戴面具的少女依然端坐在岩石上。

那塊岩石與她身上的鎧甲宛如鐵製的花卉。那麼，她端坐的岩石或許就像是王座。假使離去的骸骨兵們是近衛騎士，她便正正具備了一國女王應有的風格。

地下世界的女王。

若是在古代，應該稱作冥府的女王嗎？

不久之後——

「如果逃得掉……就逃吧。」

她這麼呢喃。

嗓音宛如石塊在摩擦一般沙啞。就像已有多年不曾說話的人強行運用聲帶發聲。

「逃得遠遠的，奔逃到任誰也無法觸及之處。如果那種地方真的存於世上，就逃進遙遠的理想鄉（Avalon）吧。」

那句話宛如祈禱。

「……可是，無論何處都不會有那種地方存在，更何況是對於妳和我來說。」

聲音低沉的響起。於連餘音都消失在黑暗中之時，咕咚，傳來另一個聲音。
戴面具的少女回頭。
那裡恰好是與骸骨兵們離開的方向相反的方位。

【什麼？】

她再度以意念詢問，前方有著一股氣息。
氣息告訴面具少女某些事，面具少女多次輕輕頷首。
【……這樣嗎？我聽說教會從以前就在進行監視，那邊也展開行動了？】
面具的意念就像在複述早在許久以前便得知的事情一樣。
後續的想法來得極為迅速，就像重新算出從多年前就開始演算的結果般，那語調反倒流露出無聊。
【我知道了。遵照古老的契約，我發誓會清除他們。】
帶著餘溫的風吹過地底。
意念在最後這麼替這次的互動作結。
【我成為她的時候到了。】

＊

夕陽落在地平線上。

在一整片塗滿山麓的赤紅當中，村莊裡有幾個人影匆忙地行動著。

他們的中心是教會。這個歷史悠久，十分平靜又平凡地運作著的地方，已遭到截然不同的氣息侵蝕。

首先，教堂門扉被人撞破。

附近的彩繪玻璃被砸得粉碎，聖水盤也遭到鈍器搥打，聖餅盤與香爐等祭器無一例外被摔在地上。

那個設施內從外界帶來的宗教因素全數被毀損，看起來簡直像是村莊終於暴露出原有的面貌……勉強沒有損壞的講壇上，佇立著祭司以外的人物。

「……那麼，謹遵吩咐。」

沙啞的聲音響起。

一瞬間後，老婦人抬起目光。

她是村中眾人當成姥姥仰慕的人物，也可以說是實際上的領袖。

在她面前聚集了眾多村民。以人數來看，大約有平常參加禮拜者的兩倍。只是，目前瀰漫於聖堂內的氣氛與平時有決定性的差異。不，在這個情況下，應該說他們也暴露了本質嗎？

「聽著，我們國王的碎片，終於做出了選擇！」

喔喔——村民們發出歡呼。

他們似乎將老婦人的發言視為神祇指示的預言。

他們原本就是為了這個目的而集結的團體。

平凡的村民身分是種偽裝。他們遠從幾代、幾十代以前開始，便是為了這個時刻存續。特別是自從格蕾轉變成那個模樣以後，所有人都為能夠誕生在這個時代而歡喜不已，對此迫不及待。

以前埋沒在舊雜貨店裡的中年老闆手持鋒利的鋤頭，總是在店門前打瞌睡的全村唯一一間飯館的老廚師打磨著他偷偷收藏的短刀。

想起那名少女，人人都笑容滿面。

對於那名少女的成長，人人都彷彿面對自家事一樣感到欣喜。

「大家都明白吧？」

此刻，老婦人發出指令。

她的嗓音也像年輕了數十歲般。

「迎接我們的國王。迎接未來之王。那一刻終於來臨了。」

沒有任何人發出一聲咳嗽。

每個人渾身都充斥著亢奮。一股堪稱狂熱信仰的強烈意志。將近一百人左右的群體展現無比的團結，彷彿化為一頭巨大的生物。

「絕對不能讓她走出這座村莊。」

老婦人繼續道。

「瑪格達萊娜。」

被點名的女子靜靜地走上前。

那是格蕾的母親。

宛如終於想起自己叫做那個名字般，她興高采烈地抬起頭。

「妳知道格蕾的所在地嗎？」

「是的，有頭緒了。」

她開朗地笑著頷首，背後滴滴答答地流下某種液體。

一灘在夏日的空氣裡散發惡臭的紅色水窪。

那是癱軟無力的教會通訊員。那名男子被綑綁吊起，傷口到現在還在流血。就連經過訓練的人員都難以忍受的熟練拷問，這正是剛剛被喚作瑪格達萊娜的——格蕾之母所行之事。

她輕輕舉起沾滿血跡的手撫摸臉頰。

「如今，教會是我等的敵人。」

老婦人高聲宣言。

「消滅他們，就像昔日在這座山中打過的獨立保衛戰一樣。發出怒吼，宣示這片土地正是我等絕不容許遭到侵略的聖地——沒錯！從遙遠的傳說時代開始，我等就迫不及待等著國王降臨，這次不必顧忌任何人，高聲吶喊出來吧！」

此時，老婦人的表情變得柔和。

她高舉布滿皺紋的手。自破碎的彩繪玻璃縫隙間傾注進來的夕陽，於片刻將那雙手染上血色。

「向我等的黑面聖母發誓！」

染成漆黑的聖母，以一如往常的表情看著他們。

3

「……有件事我必須趁現在做個確認。」

騎士拋出話頭。

那是在我們謹慎地調查周遭地形的途中發生的事。根據這名騎士的說法，姑且不論戰鬥，他對於逃跑一事有獨到的見解。我們要做的不是沒頭沒腦地在地道裡亂走，而是先逐一確認附近的岔路。

「在第一輪的第三天後半到第四天，你們做了哪些事？」

那句話讓我自喉頭發出低沉的呻吟。

騎士朦朧的臉孔直視老師。

「你不記得嗎？你不是說過，你繼承了亞德的記憶？」

「很可惜的是，大約從第三天晚上開始，亞德似乎也沒有記憶了。記憶到遇見教會的人及村民們，回家吃過晚餐左右就結束了。格蕾吃的食物裡大概被下了什麼藥吧。亞德的意識本來就與格蕾同調，只要這傢伙熟睡或陷入意識模糊狀態，亞德也會陷入類似的情況。那些村民應該也知道這方面的機制。」

「等一下。」

老師舉手，中斷他的發言。

「你說她被下了藥。」

「喂喂，事到如今才問也太晚了。就是字面上的意思。你又不是我會看上眼的傻乎乎女人，總不會以為那個村子很珍惜格蕾，捨不得動她一根手指吧？」

老師的肩膀微微一顫。

當然，他理當心知肚明。

在這次的第二輪與老師重逢，整理第一輪發生的事情時，他沒有深入觸及第四天的事，是為了避免刺痛我的精神創傷。剛離開故鄉時，我極度不願談論有關村莊的話題。即使得知村莊裡出現另一個自己的屍體，我也沒有產生任何興趣——我徹底撇開視線，不去關注那個村莊，也不肯思考在離開村莊的最後一天所發生的事。因為已經無處可去，我拋棄過去的一切，試著適應倫敦與鐘塔。

如果沒有跟老師，還有包含萊涅絲在內的艾梅洛教室的學生們相處過，我應該不會動念重返這個村莊。

「這座村莊打從一開始就是這種地方。」

騎士低語。

那諷刺的口吻聽起來也像在說服自己，而非告誡別人。

「為了將格蕾的身體培養得與亞瑟王相同而存在的村莊。啊，他們整個家族持續做這麼無聊的事做了多久來著？豈止是固執而已，代代相傳說起來好聽，但那個目標根本沒有那種價值。」

騎士隨著咒罵，說出我們心中有數的真相。

說出我一直有所覺悟之事。老師一瞬間僵住不動，而我該為了他的反應高興才對。許多觸及神祕的人，都會無視所有世俗的良知及思想……不，是打從一開始就不把那種東西納入考量，如同我至今遇見的多位魔術師們一樣。

「對了，格蕾，妳真的什麼都不記得了？就算藥物使妳意識模糊，也並非遮蔽了所有訊息吧？即使妳很笨又粗心大意，在腦海一角也藏著某些情報吧？」

那番話宛如銳利的槍尖般抵著我。

「離開那座村莊後，妳一直不肯接觸關於故鄉的事，總之就是這麼回事不是嗎？」

他銳利的話語，令我腦海中的景象火花四散。

「──好痛！」

「格蕾！」

我制止想奔向我的老師，一手按住腦袋。

沒錯。

當時我在半夢半醒之間，還保留了一絲意識。

那是……啊，對了。五感幾乎一片矇矓，唯有那股湧現的氣味仍然緊貼在鼻腔深處。糾纏腐敗的野草與水的氣味，就連吸入氣體的喉嚨都快要跟著潰爛的瘴氣。我不記得村中有那樣的地方。不過，呈現那種狀態的地點會是哪裡，我有些頭緒。

「那是……沼澤的……」

「沼澤？」

老師反問的聲音好遙遠。瞬間重歷其境的感官撼動大腦。我確實體驗過的事。這副感覺器官（身體）應當接收過，卻已從自己心中消失的碎片。我像旋轉著紡車一般，拚命尋找那段記憶，然而記憶卻從我觸及的那一頭如泡沫般消散。

「我……對……遇見了……」

什麼？

我無法想起更多事。

遭到封印的記憶，至今依舊緊閉門扉，頂多只從微微打開的縫隙間露出了一絲光亮。我收集破碎的碎片，腦海中僅僅在瞬間浮現了影像。

不，是聲音。

多達數十隻、數百隻烏鴉刺耳的叫聲。

就在烏鴉旁邊，向我發出的吶喊。

——「妳……把我……」

渾身是血倒下的……啊啊……那副面具正是——

「在烏鴉群……之中……另一個……我……被血……」

「格蕾！」

我幾乎就要倒下時，被老師一把扶住。

「這就是妳不願思考有關村莊之事的原因嗎？」

騎士輕輕聳肩。

「亞德也好、你也好，太過溫柔可是有好也有壞啊。如果照魔術師的作風讓她作場夢，搞不好問題就意外解決了。」

「這我並非沒有考慮過。」

老師扶著我的肩膀這麼回答。

「不過，介入正在與精神創傷抗爭者的意識，會對當事者的人格造成重大影響……而且，若說要遵照魔術師的作風，愛護弟子也是魔術師理當承擔的義務之一。」

「哈，那就叫太過溫柔啊，蠢蛋。」

騎士嘟起模糊的嘴唇嘖了一聲。

「然後，在格蕾剛剛所說的事情之後，她就被託付給你了？」

「……她是在第四天早晨來到我這裡的，貝爾薩克抱著昏迷的她來找我。他說，希望我收留這個女孩。在黑面聖母像旁出現了格蕾的屍體，所以不會有人追捕她。他要我別追問詳情，這樣女孩就可以得救，我也會得到布拉克摩爾的守墓人。」

「原來如此。也就是說，第一輪，你被排除在內情之外。」

伴隨一聲嘆息，騎士搔搔腦袋。

「如果放著不管或許會走向同樣的結果，不巧的是，你們已經接觸到內情了。基本上，即使走向同樣的結果也沒什麼用……不過，這樣的話，貝爾薩克與村莊之間發生了什麼事嗎？他是在村民們要用格蕾舉行某種儀式時，從村民手中搶回了格蕾？或者是發生了其他麻煩？」

「……不知道。當時我沒問過這方面的問題。」

老師就到此處時——

騎士朦朧的臉龐突然靠近地道的土牆。

「……情況不妙。」

他呢喃道。

「發生了……什麼事？」

「有人追來了。」

他凝視著黑暗。

我也緊張地緩緩起身。

我握緊保持鐮刀型態的亞德。我認為他以這個形態停止運作，是他留下的恩惠。至少，這讓我得以戰鬥，也得以保護老師。

可是，那股決心隨著人影的現身崩塌。

「……你們在這裡嗎？」

沉重的嗓音響起。

老師的魔術照明映照出強壯的人影。明明即將邁入老年，那人卻輕鬆地單手緊握著巨斧。

「喂喂喂，時機未免太巧了吧。這就是……說人人到（Speak of the devil）？」

「貝爾薩克……先生。」

我感到喉嚨刺痛。

我現在應該以什麼表情面對他才好？

當我在故鄉生活時，他是唯一將我當成「人類」看待的人。如同先前凱提到的，在大家眼中，我只是一具跟亞瑟王相同的身體（偶像），他卻把我當成「下一任守墓人」來培育，毫不吝惜地把原是他所有物的亞德轉讓給我。

貝爾薩克・布拉克摩爾。

繼承布拉克摩爾家的正統守墓人。

「……看來還有意料之外的贈品。」

貝爾薩克望向形體朦朧的騎士，瞇細眼眸。

「恕我失禮，你是誰？」

「唉，事情又變得更複雜了。我跟他們兩個也說過，直呼我凱就行了。啊，你不必自我介紹，我非常清楚你的身分，也不想聽男人一臉嚴肅地介紹經歷。」

騎士一臉嫌麻煩地聳聳肩。

「凱？凱爵士？」

「喂喂，你也尊稱我爵士喔。」

騎士看似厭煩地嘆了口氣。

然而，他的手始終警惕地摸著劍柄。只要他一判斷貝爾薩克是敵人，利劍就會毫不遲疑地斬斷守墓人吧。不，如果相信這名騎士的說法，他的三吋不爛之舌會比利劍先一步到來嗎？

貝爾薩克的目光被我的大鐮刀所吸引。

「他來自亞德內部？」

「哎呀，不愧是相處了多年，那點小事還想得到嗎？大致上差不多啦。這傢伙在停止運作前，強行透過防禦機制賦予我靈基（身體）。拜此所賜，我不得不充當保母嘍。」

「…………」

我感到混亂。

我有想過骸骨兵追來的情況，若出現了其他村民，也已經有所覺悟。可是，沒想到最早遇見的，竟是這個對象。

彷彿要護住僵住不動的我，老師走上前去。

「貝爾薩克先生，你是我們的敵人，還是夥伴？」

他謹慎地發問。

極度的緊張感壓迫洞窟裡的空氣。

貝爾薩克在緊張氣氛達到巔峰前掉頭。

「……跟我來。」

靴底踩在岩石上，發出堅硬的聲響。我總是跟隨在那個腳步聲後頭。

我反射性地想跟上去，卻被老師倏然伸手攔下。

「你沒有回答問題。即使是敵是友這種單純的分類不適合套用眼下情況，還是請你透露你所掌握的訊息。」

「你大致想像到了吧。」

「想像與經過確認的訊息截然不同。對你而言，凱爵士的出現就出乎意料吧？」

「…………！」

貝爾薩克微微呻吟一聲後開口。

「……原來如此，有必要做最低限度的確認對吧？目前，教會及村莊雙方都在追捕格蕾。」

「雙方？這代表教會與村民們的目的不同？」

「當然是這樣。」

貝爾薩克點點頭。

「那麼，身為布拉克摩爾守墓人，你也有不同的目的嗎？」

「到途中為止，我的目的與村子一致。」

我感到後頸泛起雞皮疙瘩。

這個人是我的敵人還是夥伴？

在我度過的歲月裡，這位守墓人是與我相處得最長久的存在。他也同樣為了將我培育成與亞瑟王相同之物，耗費了他的人生嗎？

過於錯綜複雜的情況讓我的腦袋幾乎失控。

「村民們為何想找格蕾？」

「鐘塔的君主（Lord），事到如今還在問這種問題？」

也許是對老師的話感到不耐煩，貝爾薩克的口氣很不客氣。

相對的，老師緩緩地往下說：

「方才凱爵士也告訴過我們，這座村莊是為了將格蕾的身體培養得與亞瑟王相同而存在。不過，我不認為那件事本身即是目的。如果培養出相同的身體一事沒有意義，執著無法貫徹數十代之久。」

繼續深入。

老師宛如移動西洋棋棋子般，逐步賦予累積的謎團形貌。

「我有幾個假設。亞瑟王的傳說摻雜了幾種異說、奇聞，鐘塔與聖堂教會的意圖也交織其中，使人無從掌握真相……但傳說之中有個著名的橋段。」

老師瞥了騎士一眼，如此繼續道。

「那位國王的墓碑上刻著這樣的墓誌銘。他——曾經為王，也是未來之王。」

「…………」

「我不知道那段文字本身曾具有什麼意義。依照正常想法，那只代表國王曾深受敬愛吧？那樣的賢君遲早必定會再度現身來拯救我們，在世界各地都看得到這種對救世主的願望。將之視為那種純樸的祈禱，應當是最自然的解讀。」

他對依然沉默的貝爾薩克這麼述說。

騎士的臉龐也轉向老師，流露出獨特的氣息，表情朦朧難辨。他到底抱著怎麼樣的心情呢？遠在千年後的人，像這樣談論昔日自己所承認的主人，無論亞瑟王是不是符合傳說的英雄，應該都會產生難以言喻的心情不是嗎？

因為，那就好像在跟再也無法相逢的人談話。

不管怎麼做都無法挽回，只有已定的結果令人惋惜，刺痛心房。那時候該怎麼做才好？該說些什麼才好？即使事到如今才想到什麼正確答案也無濟於事，只能呆立原地。

那位偽裝者之所以感到憤怒，到頭來不也是這麼回事嗎？

「正因為如此，村民們才會迫不及待地等待著國王歸來吧。」

老師告訴我們。

「約定的未來之王的歸來。」

那句呢喃讓我屏住呼吸。

未來之王。明明那般光芒萬丈，充滿幾近虛幻的祈禱，現在卻逼得我走投無路的詞語。

然後，當資料已是如此齊全，就連愚笨的我也想像得到後續的內容。

我緊緊揪住胸口。

「……貝爾薩克先生。」

我向他開口。

「我……看到了和那群骸骨兵在一起的，戴面具的人。」

「妳們碰面了？」

貝爾薩克神色僵硬。我與他共度過漫長的時光，無論颳風下雨都一同巡視墓地，但依然不曾見過那種表情。

「她是誰？住在這片地底的人是誰……不，她也跟我一樣，是亞瑟王的仿製品之一嗎？」

問題並未立刻得到答覆。

即使如此，唯獨現在，我不會退讓。

「請告訴我，貝爾薩克先生。」

「…………」

沉默中摻雜著咬緊牙關的聲響。

下一瞬間，貝爾薩克猛然回頭。

「──沒錯！」

咻！他揮出斧頭。

從半空中飛來的鋼鐵質量割斷我的幾縷髮絲，同時砍碎靠近我們背後的骸骨兵頭蓋骨。

守墓人收回卡在頭蓋骨內的斧頭，聳了聳肩。

「這麼一來，我也變成追捕對象了。」

「那還真可憐。」

凱小聲地吹著口哨。

貝爾薩克目光炯炯地瞪視騎士。

「你不會沒有察覺吧，這是對我的試探？」

「那是當然。像這種試探越早做越有利吧？遠比人際關係變得複雜以後才在擔心各種事輕鬆得多。只有真正的受虐狂或性冷感才會享受那種分不清每個人是敵是友的狀況啊。」

總之，這代表凱在觀察貝爾薩克會如何處理骸骨兵吧。

耳朵本來湊在牆邊的騎士抬起朦朧模糊的臉龐接著說下去。

「話雖如此，晚點再談吧。我們的行蹤好像因為剛才的聲響曝光了，敵人會陸續出現喔。」

很快地，那道聲音也傳入我耳中。

那種鎧甲各部位互相摩擦，金屬碰撞地面的聲響，無疑屬於新現身的骸骨兵。

老師渾身緊繃，貝爾薩克再度舉起斧頭。接著，守墓人問騎士。

「你不用那把劍嗎？」

「哈哈哈，雖然被找來當保母，但我想盡可能謝絕體力勞動。不過我自認眼力還算不錯，從剛剛開始，那裡就有空氣流動。」

騎士回過頭。

面對一條蜿蜒的岔路。

「凱爵士——？」

「可能的話，我很想遺忘那個，但存在感強到難以遺忘的糟糕宮廷魔術師說過，如果允許的話，最好的戰術是迅速逃離戰場。」

他俐落地轉身拔腿就跑。

正當他毫不遲疑地逃跑，使我們感到錯愕之際，一群骸骨兵即刻從他逃走路線的反方向蜂湧而出。

「嘖——！讓開！」

貝爾薩克的斧頭猛力重擊土牆。

那股驚人的威力刺激不穩定的地基，導致斧頭擊中之處周遭的泥土大幅崩塌。

領頭的三具骸骨兵被土石掩埋，我們筆直地跟在凱的後面逃離現場。

＊

由於土牆崩塌而顯現出遲疑的骸骨兵們立刻自混亂中恢復。

它們放棄救援遭到掩埋的同袍，幾具骸骨兵揮動大鐵錘以清出崩塌的通道。既然主人下了命令，它們沒有撤退的選擇。原本就不會疲勞與倦怠的骸骨兵們僅僅是動作著。

好幾支鐵錘不斷揮動，甚至不在乎同袍的身軀遭到波及。

整齊劃一的動作讓它們看來像是原本就是為了這種目的才被製造的自動機器。

但是，那些動作在數秒後停止。

「……嘖。」

咂嘴聲響起。

「難得我追了過來，居然連地道一起弄垮了，真是亂來，明明只差一步就快抓到人了。」

骸骨兵們沉默地轉身。

它們或許在某種形式上具備判斷能力，即使如此，那由神祕形成的機制（System），似乎正迸散困惑的火花。

在漆黑的地道裡，佇立著一名穿著同樣漆黑修女服的女子。

在她的鼻子附近，有淡淡的雀斑。

茶褐色的眼眸。作為一名禁慾的修女，她有著略嫌過於突出的身材。

骸骨兵們不可能知道人們在地面上稱呼她為伊露米亞修女。

「嗨♪」

他們當然也無視了女子迷人的眨眼。

一具骸骨兵不加思索地猛然衝向女子，揮劍砍下。厚實的利刃具備輕輕一劃就足以斬下人頭的重量與鋒利。

但修女以毫釐之差躲過劍鋒，縱身一躍。

宛如在黑暗中顯現的一輪新月。

形似飛鳥般的一記踢擊打穿只有骨骼的延髓。修女的身體以踢中的位置為起點，繼續翻轉。在幾乎無視重力的月面空翻（Moonsalto）後，壓上全身重量的腳跟砸向另一具骸骨兵。才剛著地，她就使勁蹲下，纖細的長腿橫掃出去，再一腳踩碎被絆倒的骸骨兵胸骨。

強得令人驚訝。

那股柔韌與敏捷、卓越的平衡感與技術，分別屬於肉食動物與人類的極致。

不知不覺間，她的手腳戴上了灰色的鎧甲。

鎧甲表面發出幾道紫電，那多半是藏在鎧甲裡的某種咒體——從縫隙間露出的陳年紙片的效果。不把一般攻擊看在眼裡的骸骨兵們被那副鎧甲擊中之後，甚至不再有復活的跡象。

聖堂教會的代行者們使用的標準裝備。

名稱為灰鎖——平常模擬成一般的手套或靴子，只要滑動事先設定的紙片，就會恢復原本狀態的概念武裝。灰鎖遠比黑鍵容易操作，是許多代行者會選擇的裝備。當然，就算容易操作，其威力正如剛剛那幕展示的一般，不容輕忽。

「來呀。」

修女朝敵人勾勾食指。

她倏然挺直背脊，擺出拳擊中的正面架式。

剩下的五具骸骨兵一湧而上。左右各有兩具撲向她，另一具則飛躍至她的頭頂。為了使對手困惑於該如何應對，攻勢還加上了短暫的時間差與佯攻動作，是嫻熟的戰士才辦得到的技術。

修女一邊哼歌，一邊踏著步點。

閃電與撞擊聲正好響起五次。

「啊，抱歉。做得太過火了。」

在她開口道歉後，四具骸骨兵被打穿胸骨及頭蓋骨，潰散一地。最後，被上勾拳打飛的骸骨兵重重撞擊天花板，粉碎散落在地面上。

伊露米亞修女不耐煩地拂去掉在頭上的一點碎骨，從鼻子裡輕哼一聲，並轉過身。

不久之後，她背後浮現油燈的光亮。

「動作真慢。」

「……咿、哈啊……就算、妳、這樣說……」

幾乎呈現球形的祭司氣喘吁吁地扶著土牆，環顧四周。

那裡只剩下一堆碎裂的骸骨。

「……是妳下的手嗎？」

「那還用說。這種異端的亡者，其存在本身就是對主的侮辱。塵歸塵，土歸土，我不可能容許違背天主旨意者死而復甦。」

修女若無其事地說。

當然，這種說法有其道理。那是將孳孳不倦地編纂下來的人類準則化為言語的結果。她理所當然正確，在普遍的教義中，沒有什麼辯駁的餘地。

費南德祭司微瞇眼眸。

那只是一點細微的動作。

「好了。我們快追，費南德祭司。」

伊露米亞修女以拳擊掌，努了努下巴示意。

4

越往前走，地道就變得越發狹窄，加強了這裡宛如野獸之顎的印象。溼氣緊貼著全身，我身上微微浮現汗水。我們並未缺氧，這裡看來姑且有空氣流動，但無助於消除這股悶熱。

（這是自然形成的地道嗎……？）

我不清楚。

我們是從教會地下室進入地道的。姑且不提現代，這些地道的規模完全不是古代人能夠建造的。只是，若要問這裡是否不曾經過任何人為的加工，我也抱持著疑問。

我感覺到，這些地道是某種人為的產物，從中滲出了創造者的意圖，或者說惡意。正因為如此，每踏出一步，彷彿漸漸被吞進某人內臟裡的惡寒就會猛烈地侵襲我。

我們在這樣的地道裡快步前進，貝爾薩克同時開口。

「……如果村民們的目的是崇拜妳，教會的目的就是殺死妳。」

「……把我……」

雖然隱約察覺到了，當他這樣一口斷言，我說不出話來。

以我為中心，擅自組成、發展的組織與世界，像蜘蛛網一樣吞食了許多盤算與利益關係，無邊無際地擴散開來。在我一無所知的期間，事態複雜地互相糾纏在一起，到達無人能辨明全貌的程度。

但是，我覺得現在我可以稍微理解了。

「從很久以前開始，教會和村民本是互相監視的關係。」

貝爾薩克說道。

「關於與亞瑟王的宗教關係，文獻也有各種不同的觀點。從聖堂教會的核心勢力角度來看，那即為異端本身，不可能承認亞瑟王的復活。話雖如此，教會也並非那麼不人道的組織，會為了一個尚未成功，不知會造成什麼影響的儀式消滅整個村莊。

同時村民方面也是，雖然無法放棄他們的目的，卻也沒有動機為了不知何時才能達成的目的與教會全面開戰。就結果而言，雙方形成互相監視的狀態，就此延續了數百年以上。由於更迭太多世代，久到雙方都降低了戒心，才讓這裡乍看之下像個平凡的村莊。」

「這的確是聖堂教會的思維。」

老師簡短地歸納道。

走在蜿蜒的昏暗地道裡，我茫然地思考。

那麼，在本來的第四天——第一輪裡，是教會的人殺了我嗎？

也許是和我有相同的疑問，老師的側臉顯得陰鬱。

「那麼，那名戴面具的少女是？」

那個問題讓貝爾薩克咬住下唇，他在相隔幾秒後再度開口。

「……身為君主，你知道人類的三因素吧。」

「當然知道。」

聽到貝爾薩克這麼問，老師頷首。

「肉體、精神、靈魂。每一項都是構成人類不可或缺的因素。不是有足量的蛋白質與脂肪就會變成人類。正因為這些因素彼此密切相關，人才能得以為人。」

老師說道。

我記得他在上課時講述過相同的內容，是在他點評學生報告的時候吧？從魔術觀點分析人類這種存在的結果。

「那我可以省略部分說明了。你應該已經理解，格蕾是亞瑟王肉體的仿製品，是那個村莊經歷超過千年歲月才終於達到的，無可取代的結晶。」

貝爾薩克說出理所當然的事實。

說得沒錯。現在的我是亞瑟王的近似值。是從十年前起變得與英雄的數值相同的一介活祭品。

那麼，她是——

「面具少女是亞瑟王精神的仿製品。」

「精神……！」

我的聲音不禁變調。那種事情真的有可能嗎？

我的確是亞瑟王的身體。以同卵雙胞胎來設想，其意義顯而易見。相同的臉孔、相同的嘴唇、相同的手、相同的指甲。以型態的表現來說就是那麼回事。當然，應該還要加上基因，搞不好還有腸道細菌等等項目。

可是，至於精神——

「那種東西能仿製嗎？」

「喂喂，這裡就有實例吧？」

一個懶洋洋的聲音響起。

「喔喔～冒險者們，你們無情地忘了我啊。」領頭帶路的白銀騎士誇張地聳肩這麼說。

「凱爵士的精神模型。」

老師也低語道。

據說是亞德人格基礎的白銀騎士。

試著想想，那種技術與面具少女不正是同質之物嗎？

「古代曾有這類技術。模仿肉體與精神，用來製作堪稱分身的某人的技術。那是神話時代魔術遺下的痕跡——或者是人類無從接觸的精靈領域？」

「不愧是你，果然很清楚。現代好像會主張什麼著作權的，但當時才沒有那種東西，隨便想複製就複製了。我也只是因為人選適合才被挑中，沒有徵得原本的我的同意。」

呼呼，騎士自喉頭發出陰鬱的低笑。

那番話令我心中感到不安。

此刻在我手中化為大鐮刀的亞德，人格基礎來自於他（凱爵士），我知道這一點。雖然發言內容與思維不同，他身上仍有些地方可以看到亞德的影子。就像同種的花相似，這位騎士與亞德應該屬於同種。

可是，到底相同到什麼程度呢？

既然凱爵士的義妹正是亞瑟王，他對我有什麼看法……不，實際上，亞德對我有什麼看法？光是思考這件事，我就感到胸口發痛，害怕得不得了。

「承蒙說明，不勝惶恐。凱爵士。」

貝爾薩克低頭致意。

然後，他接著說。

「根據上述內容，當肉體、精神、靈魂三者備齊時，亞瑟王將成為未來之王復活。至少，村民們這麼相信。」

「這樣不對勁吧？」

老師反駁。

「即使肉體與精神皆在，靈魂也無法重現。如果能夠成真，那就是連大魔術也不可能達成的第三魔法本身。」

魔法。

從前，老師在鐘塔的課堂上曾經提及。

魔術雖然是神祕，但到頭來，仍舊在人類力所能及的範圍。隨著科學的進步，此一範圍大幅擴張。如今，人類能靠自己的智慧潛入深海，無延遲地進行遠距通話，若有必要，甚至可以啟程前往別的天體。

然而，有些事情依然不可能達成。

在現代還剩下五項。

神祕之徒不稱呼這五項為魔術，而是「魔法」。

「對，所以那種條件應該無法湊齊。教會不相信，村民們實際上應該也幾乎無人深信會成功吧。」

貝爾薩克也認同老師的話。

這代表要模仿靈魂這種存在就是這麼困難。即使此地成功模仿了肉體與精神，也唯獨靈魂無法觸及。

貝爾薩克重新回頭望著他。

「模仿靈魂。你知道那個答案，不是嗎？」

老師停頓數秒。

那段空白在表達「我不可能知道」。不過，他的反應在短短數秒後轉變了。

「難道說……」

老師發出呻吟。

「使役者……！」

「我未曾直接目睹，但聖杯戰爭中的使役者，就是連同靈魂一起模仿了英靈座所記錄的主體，使其顯現於世界的存在吧。」

貝爾薩克淡淡地說。

「那麼，當第五次聖杯戰爭展開，亞瑟王作為使役者顯現於世界，就有三者齊備的可能性。」

聖杯戰爭。

從前老師應該參加過的戰爭。他應該想再度參加的戰爭。

連英雄的靈魂都加以重現，甚至連魔術師都認為那是場怪異的鬥爭。但是，應該在遙遠的遠東舉行的魔術儀式，竟然在這種地方出現了關連性。

「當然，那個可能性不高。亞瑟王在諸多英靈中特地獲選的機率可說是極低。不過，聖堂教會發現了那個可能性。畢竟他們會派遣監督者參與，比鐘塔掌握了更多關於聖杯戰爭的訊息……所以，他們從很久以前開始就派出總部的人員，鉅細靡遺地調查了村莊的情況。」

「……是伊露米亞修女嗎？」

教會於幾年前派遣至此的修女。

難道說，她是聖堂教會的諜報員？

對於這個謎團，貝爾薩克乾脆地點頭。

「對，伊露米亞修女是某位樞機卿的私生女。」

出乎意料的名詞使我屏住呼吸。

「樞機卿……在表面社會也幾乎是最高層吧！」

「很遺憾的是，那樣的身世不能公開，她在紀錄上，是在育幼院長大的。不過，她作為代行者也具備超絕群倫的資質。她原本應該不會被派遣到這種鄉下地方的……這代表伊露米亞修女對這座村莊很感興趣吧。有傳聞說她是自願來村子赴任的。」

蓋住的卡牌接二連三地翻開。

速度快到我的大腦跟不上。大量的訊息在眼前流動，數量卻不是我所能承受的。

究竟正在發生什麼事？

究竟曾發生過什麼事？

在進入第二輪前，事件在第一輪也有過同樣的發展嗎？

「對了。順便一提，教會的通訊員也有混進這次的商隊小販中，他似乎已經被村民們抓住了。」

聽到貝爾薩克沉著的話語，我衝擊未褪的大腦彷彿又受到重擊。

「……怎麼、會……」

在我不知情的狀況下，那座村莊裡究竟盤旋著多少陰謀？

當然，我也沒把那裡當成平凡的村莊。就算乍看之下會這麼以為，從前居住在村裡的我，自認在一定程度上了解這個地方是什麼樣的異端。

可是，這太過分了。

這座村莊對我隱瞞了多少事情？

我在人生中度過最長時光的地方，如今成了最遙遠的地方。

我不知不覺間停下腳步，此時，我總算發現了。

「老師？」

我回頭一看，只見老師也同樣停下了腳步。

「所以、嗎？」

老師這麼說，垂下了頭。

「所以嗎……？」

他再度呢喃，摸摸臉頰。

「凱爵士，就是這麼回事吧？」

「唉，陳腔濫調嘍。」

老師向聳肩的白銀騎士點頭，重新詢問走在前頭的守墓人。

「貝爾薩克．布拉克摩爾。你背後的人是誰？不，是什麼？」

＊

「等一下等一下等一下等一下，那是怎麼回事！」

刺耳的喊聲在空間響起。

這片空間裡飄浮著幾顆水晶球。最初只有一顆的水晶球像泡泡分裂般陸續增加，包圍他們。

開口的人是個金髮少年。他探頭注視水晶球。認真的不安眼眸上像塗抹奶油般塗滿了一層好奇與天真無邪。

「事情是怎麼搞的！貝爾薩克先生是小格蕾的同伴吧！不不不，話說亞瑟王的精神是什麼啊！啊啊～真是的，我看是這顆水晶球畫面有問題吧！用經過『強化』的手刀呈三十度角打下去會不會復原呢！」

費拉特．厄斯克德司。

不必介紹，他正是肆意享有艾梅洛教室最惡劣現任學生名號的少年。

在他的身旁還有另一個人。

「這是怎麼回事……！」

呻吟聲響起。

與費拉特並列的艾梅洛教室雙璧——史賓．格拉修葉特的身軀散發出淡淡的閃電。魔力的磷光伴隨少年的憤怒，擁有了侵略性。儘管這是獸性魔術的必然狀態，但他極少顯示出這麼強烈的力量與攻擊性，這也代表少年的感情正達到難以自制的領域。

「……唔。你們前來此處的本領教人大開眼界。我認為應該盡量回報演員們的努力，因此增加了水晶的數量，兩位不喜歡嗎？」

青年的答覆是一番像在裝傻的說詞。

雖然形容其為青年，卻無法確定那人的年齡。隨著光線的明暗變化，他的面容有時像二十來歲般青春正盛，有時看來又像年過五十的賢者。那也是高階死徒的特徵嗎？唯一可以確定的，只有那份俊美與深不可測。

阿特拉斯院的院長。

翠皮亞．艾爾多那．阿特拉希雅。

據說那是在鐘塔更在十二君主之上，身居夢幻地位的男子。

這樣的兩個人與一個人——或者是與一個存在，在這片奇異的空間展開對峙。

「方才我也提到過，你們無法干涉重現。雖然遺憾，但你們沒有那個資格。畢竟你們

不在當時的村莊裡。你們參加試鏡時的演技很精彩，但既然不符合條件，我能找到的妥協

點頂多就只有請你們在後臺觀看。」

翠皮亞滔滔不絕的發言配上那獨特的表達方式，讓人難以理解正確的意義。

只是，他覺得此人應該沒有說謊。

此刻，艾梅洛II世與格蕾在水晶裡深感震驚。在過去世界匆匆變化的——或者說自行揭曉的人際關係，將他們逼入了困境。

為什麼我不在那裡？

為什麼我沒辦法至少告訴他們，我史賓・格拉修葉特站在他們那一邊呢？

史賓極力壓下因為煩躁而隨時可能失控的魔力，動腦思考。

（……而且……）

他在腦海一角想著。

翠皮亞所屬的阿特拉斯院，有時甚至會被稱之為「活著的地獄」。因為只要跨越了那道大門，就不會離去。那是一群掩埋在自己的研究中，無盡奉獻所有時間與生命的人。舉例來說，他們如同在冰冷伺服器機房中持續運行的電腦，連要稱之為生命體都令人遲疑。

從這件事來看，也能看出這位院長在外界流浪實屬一種異常。雖然不清楚是院長身為例外，還是這座村莊的狀況緊急至此，無論如何，都必須以超越最大限度的警惕來看待。

（……首先，這個地方是什麼？）

他僅僅轉動眼眸，觀察周遭。

史賓感覺到，短短數公尺的距離相當於無限。

就像費拉特對魔力有異常的感受力，史賓擁有壓倒性敏銳的五感。那些感覺強烈地告訴他，正常的物理法則並未作用在這片空間。如果不分析出那個機制，甚至無法與這名男子交手。

（……逐一處理。）

史賓忍住心頭的不甘思考。

難堪的慘敗，有輸給封印指定者——蒼崎橙子的那一次就夠了。那段經歷迫使他清楚地理解，在這個世界上，存在著單靠獸性魔術無法與之抗衡的對手。所以，他必須好好鑽研，必須根據自己的目的設定勝利條件，確實保住非得守護不可的事物。

首先，他必須盡量了解這種奇特的裝置。

「不過，你當時應該在村子裡。」

史賓靜靜地問。

「這樣的話，你也可以像老師與格蕾小姐一樣，前往那個世界不是嗎？」

「唔。你指出的這一點很合理，但對待悖論必須謹慎。再加上持續計算世界的我若進入內部，管理者將不得不把我計算的世界也包含在內重新計算，我也會幾乎自動地對重新計算的結果執行演算，這是重大的矛盾。雖然有人偏好訊息量大的劇本，但任何人的容許量都容納不下這樣的巢套結構。啊，我很期待艾梅洛II世與那位守墓人少女的奮力表現。」

他話中的意思，史賓連一半也沒聽懂。

不過，總而言之，這代表應當與這個情況密切相關的翠皮亞本身也無法自由操縱在那個世界發生的事吧？姑且不論目前所見光景是否真的是過去，那個世界似乎有著讓翠皮亞無法隨心所欲的自主性。

「你可以把老師與格蕾小姐帶回這裡嗎？」

「很遺憾，我辦不到，那違反契約。」

「契約？」

「從前阿特拉斯院與這座村莊的前身訂下的契約。雖然並非我本人所訂，但效力是絕對的。包含像你們這種非常規存在的出現在內，都是我必須接受的。」

（……阿特拉斯的契約。）

我曾聽說有這種東西存在。昔日阿特拉斯院發行過七份特殊的契約書，阿特拉斯院必須對基於契約書提出的委託提供全面協助……我記得是這樣。

那麼，這位院長會離開據說無法逃脫的阿特拉斯院流浪在外，也是出於相同的原因嗎？

「…………」

史賓逐一考慮已知的資料。

如同比較寶石，如同從氣味分辨可食用的東西，史賓專注地動腦苦思。如今少年深切地體會到，自己必須從這種地方開始著手，不管那是多麼乏味且單調。

既然不想再落敗，他必須盡量增加自己握有的優勢。無論多麼難看、多麼悲慘，哪怕得趴在地上爬行，也必須將所有星辰（可能性）的碎片張羅到手。

（……他稱呼我與費拉特以及那名騎士（凱爵士）是非常規的存在。）

他謹慎地仔細檢查，避免自己過度解釋。

（……總之，我們在這裡的事，以及老師與格蕾妹妹將會怎麼樣，並非完全在此人的計算之內。）

史賓回想起來到此處前聽說的情況。

聽說當時的翠皮亞的言行舉止，就像事先料到了艾梅洛II世與萊涅絲的未來。他是不同於鐘塔的魔術盡頭。即使無法演算出無限，也演算出了無數的未來，甚至豪語連現實都是劇本之一。此人正是計算的化身。

如果對翠皮亞而言，目前的情況屬於非常規呢？

（……那麼——）

他的手在背後動著。

魔力本身化為波長只有費拉特能識別的文字，發出指示。這是兩人平常搭檔做事時會用的方法。

分析這個魔術，別引起他的注意。史賓這麼傳訊。

（ＯＫ！）

費拉特也迅速回覆。

這傢伙傳訊的手法是以一定的間隔摩擦手指。史賓能清晰地感受到指頭上的油脂經過摩擦的氣味。他們分別以魔力與氣味這兩種方法當成傳訊與收訊的手法，連他們的老師艾梅洛II世都還沒發現這個傳訊方式。

就連眼前的翠皮亞都沒有發覺的跡象。

若是費拉特，多半有能力處理阿特拉斯院的鍊金術。他們得以穿越那片森林的結界抵達此地，那也證明了這一點。只要時間充裕，他就會設計出足以對翠皮亞報一箭之仇的手段吧。

（問題在於時機……）

在什麼時機才能讓這位阿特拉斯院的鍊金術師措手不及呢？

這名鍊金術師當然看穿了他的企圖。像這樣放著兩人不管，也並非出於傲慢或怠惰，而是他基於純粹的評價得出費拉特與史賓不可能造成阻礙的解。在翠皮亞的大腦中，他們想必已戰敗數萬次之多。

那麼，現在需要的不是他們自身的努力，而是更加不同的因素。

（比方說是什麼？）

史賓深深體會那股無力，同時思考著。

感覺簡直像隻蝸牛。在他爬行過一根手指距離的期間，對方正在環繞地球。即使知道雙方的性能差距如此之大，他也只能緊抓不放。

（在老師解決謎團的時候？那名騎士做出某些舉動的時候？或者是發生了其他更不一樣的狀況時？）

全都在依靠別人啊。

他的心痛得彷彿正被老虎鉗緊緊擰住。

格蕾每一個暗藏憂傷的神情與聲調彷彿都在掏空他的肺。史賓首度得知，僅僅只能旁觀的行為會強加給精神與肉體嚴重的負擔。就連激發魔術迴路覺醒時，他都不曾體驗過這樣的痛苦。

（……就算如此。）

就算要永遠等待，我也會等下去，史賓心想。

這樣的我，說不定能幫上她的一點忙。

第二章

1

「……對了，不知道我的兄長怎麼樣了。」

萊涅絲托著腮幫子，忽然呢喃。

此處是俯瞰現代魔術科（諾里奇）的市街——稱之為市街則規模太小的街道（Street）斯拉的辦公室。

高雅的紫檀木辦公桌上堆積著大量文件。

裡頭寫著講師們採購新觸媒的要求、來自其他學科的割讓教室申請等等，大都是無聊的雜務。

不管是敵人或自己人，都企圖在君主缺席的期間盡可能通過條件對自己較為有利的請願，從某種意義上來說，這些文件也是勤奮努力的結晶。實際上，比起經由義兄審核，萊涅絲一個人處理起來更為方便，所以對少女來說，這是正中下懷。

「哼，還混入了無聊的掩飾偽裝。那個兄長說不定會上當就是了。」

萊涅絲俐落地解決文件，在上面簽名，再次想起兄長與他的寄宿弟子。

由於在那座村莊，手機收不到訊號，兄長與格蕾的情況依然不明。儘管他帶了弟子費拉特和史賓同行，依照情況判斷，也未必會平安無事。

格蕾從前別開目光逃離的故鄉。

在這趟旅程中，他們多半必須面對那起過去的案件。

（……唉，那兩個人主動踏入險境也是常有的事。）

她說完後伸伸懶腰。

萊涅絲端起手邊微微冒著熱氣的紅茶啜飲了一口，又拿起泛著光澤的漂亮馬卡龍送入口中。

「嗯……唔，托利姆瑪鎢。」

「什麼事，大小姐？」

在一旁待命的水銀女僕頷首。

「這是在平常那家店買的沒錯嗎？味道是不是變差了？。」

「很抱歉，大小姐。我如往常一樣，在試毒時檢查過成分，但完全一樣。」

「唔，這樣嗎？」

看到主人撇撇嘴角，女僕又補充了一句話。

「無法與您一起用餐，非常抱歉。」

「哼～食物的味道會因為那種事情改變嗎？」

「即使食物的味道不變，人類的感受方式也會改變，電影裡是這麼說的。」

「馬上忘掉費拉特教妳的那些多餘知識。」

「我會妥善處理。」

水銀女僕以一如往常的冷淡表情回答，萊涅絲從鼻子裡哼了一聲。

窗外有枯葉飄落。

一月已至中旬。

第五次聖杯戰爭即將展開。

她暗中向在聖堂教會擁有人脈的情報販子打聽過，據說有力勢力已經開始召喚使役者。從查不到行蹤這一點來看，由鐘塔任命的封印指定執行者已經早早出發，這並不足為奇。據說隨著舉行時期接近，聖杯會主動挑選主人，剩餘的空位也很快會填滿吧。

就算兄長匆匆自格蕾的故鄉歸來也來不及了。

「哼，真難吃……不，真好吃。當然很好吃。」

萊涅絲又吃了一顆馬卡龍，彎起嘴角。

她挖苦似的瞇起一隻眼睛。

「啊，就算我的兄長受到奇緣眷顧，也不可能讓時間倒轉吧。又不是魔法。」

這名少女沒有察覺，她不經意呢喃的臺詞與遠在外地的兄長置身的現實奇妙的相符。

2

停滯的空氣彷彿已經凝固。

自從前來第二輪的夏天，我的所有感覺都變得十分敏銳。處在極度的壓力下，半強制地激發了肉體的功能。啊，就連這種時候，我的身體也膚淺地試圖生存下去。這件事令我有點不甘心，又覺得可靠。

在我眼前，老師與貝爾薩克正面向彼此。

雙方都是當時對我伸出援手的人。

「你們不是確認過我並非敵人嗎？」

貝爾薩克的話堅定不移。

要是守墓人心思動搖，亡者就無法安眠，我想起他說過的話。哪怕時間流逝，立場改變，他的言論依然烙印在我心中深處。雖然交談過的內容不多，卻是每一句話都充滿生命力。

「正如凱爵士確認過的，你並非敵人。」

老師微微瞇起眼眸開口。

「不過，他並未說過你是純粹的我方，他所做的確認就是這麼回事吧？否則你不可能連聖堂教會的詳細情況都一清二楚。」

「哈哈，連別人發言中多餘的部分都記住了。你這一面跟某個陰沉的副官還真像。」

「我就當成讚美收下了。」

「我當然不是在稱讚你。唉，就算是人盡其才吧。」

騎士從鼻子裡哼了一聲，望向貝爾薩克。

他揮揮朦朧的食指往下說。

「總之，你應該也被納入了外部組織的利害關係當中吧。追根究柢來說，就是這個國家的國王——不，我記得在這個時代叫政府來著？」

那太過不合時宜的字眼聽得我也雙眼圓睜。

「我生前所在的國家情勢相當複雜。叛徒、叛徒的叛徒、半是鬧著玩的宮廷魔術師、拈花惹草的騎士與資優生國王，各色人物樣樣俱全。再加上羅馬等許多外部勢力互相交錯，導致情況複雜萬分，但拜此所賜，我的感覺也變得比較靈敏……姑且不論你的行動，你看待情報的觀點不屬於個人，以他人的評價來說也不太對勁。不針對特定某人，在一定程度的範圍內網羅整體做出評價，簡直像一份報告一樣。啊～令人愉快的是，我經常有機會看到這類聯絡報告。」

騎士（凱爵士）滔滔不絕地暢談，在停頓了一會兒後說道。

「總而言之，就是屬於國家的觀點。」

「…………」

沉默籠罩地道。

無聲之音彷彿瀰漫在讓人不快的潮溼空氣中。

「貝爾薩克……先生？」

當我呼喚他的名字，老邁的守墓人聳聳肩。

「我沒想到會有像你這樣的人與他們同行。艾梅洛閣下II世眼光銳利，但未必代表他也擅長政治交流。我原以為只要那個叫萊涅絲的女孩不在，這樣就足以應付了。」

貝爾薩克隨著嘆息說道。

「那麼，你承認了？」

「我們家族的遠親跟英國政府有聯繫。自從這座村莊與聖堂教會形成對峙狀態後，政府便時不時會提供我們一些方便。」

貝爾薩克靜靜地敘述。

「我並非按照政府的意圖在行動。只是，對方的情報也不是免費的。我們雙方的利益的確一致。」

「那麼，我想再問你一次。你的目的是什麼？」

「…………」

貝爾薩克沉默半晌之後開口。

「我想延後亞瑟王的復活。」

「不是阻止對吧？」

「我是布拉克摩爾的守墓人，同時是紮根於這片土地的魔術師。」

貝爾薩克說出口。

「因此，身為自古相傳的管理者，我想優先保障這片土地的寧靜。即使亞瑟王總有一天會從沉眠中被喚醒，其甦醒也應該得到祝福。」

他莊嚴的口吻使我憶起往事。

當我接受守墓人訓練之際，這個男子(人)曾經說過，我們應當敬畏死亡，但不應恐懼死亡。冥府的黑暗會清算一切，讓一切回歸於無。正因為如此，新誕生的生命必然應該得到祝福。不管是任何充滿罪惡的誕生，唯獨那一點應為真實。

他說那應為真實，而非那是真實，我不知怎地很喜歡這個說法。

布拉克摩爾守墓人的訓練很嚴苛，我在訓練中昏迷的次數不只一兩次，卻不覺得討厭，或許就是為此之故。

「目前還不是時候，至少這是我的看法。所以，格蕾，我打算藉由放妳逃走來達成目的。」

貝爾薩克下了結論。

然後，他的鬍子微微動著，開口繼續說。
「妳不生氣嗎？」
他望著我。
「那個……比起生氣，我更對各種事情感到驚訝……」
我吞吞吐吐地回答。
這也是當然的。
村莊裡教我難以接受的祕密才剛剛揭曉，即使再聽到關照我的守墓人其實與政府有聯繫，我也無從反應。
只是，我想起了一件事。
「貝爾薩克先生……你不覺得……我應該去死對吧……」
「那是當然的。」
守墓人並未看向我。
不知為何，我覺得那應該是他的誠意。所以，我也沒有道謝。
「我接受。」
老師頷首。
「那麼，你們走捷徑吧。連村民們都不知道那條路線，只是要逃走的話應該不至於太麻煩。」

「……不。」

這次老師搖搖頭。

「我接受你的目的，但不能接受這種手段，因為以前我們接受過了。」

「？」

貝爾薩克不可能明白話中的意思。

我們來自未來這種事，他不可能理解。老師思索片刻後重新開口。

「請你暫時想成我有未來視的能力吧。」

「你嗎？關於艾梅洛閣下II世的能力，我有所耳聞。當然，除了魔眼以外，應該還有一些方法可以衡量未來……」

「非常抱歉，希望你現在忽略我個人的能力，我只是剛好得知了那樣的結果。」

老師看似平靜地接受情況，語氣卻仍略帶嚴峻，大約是觸痛了他的在意之處。據說與政府有聯繫的貝爾薩克的情報網好像也調查過老師的能力。

有幾秒鐘，一陣沉默籠罩在老師和貝爾薩克之間。

彷彿要打破那片寂靜，騎士向我攀談。

「妳想怎麼做？」

「咦……」

我一瞬間詞窮。

「我……嗎？」

「沒錯，我問的是妳。」

騎士粗魯地說。

明明和方才質問貝爾薩克時一樣帶著某種開玩笑的語調，我卻覺得此刻騎士正極為真摯地注視著我。他的靈基（外形）朦朧得難以分辨表情，那份心情卻傳遞了過來。

不知怎地，我總覺得他很像某個人。

像那個總是在匣子裡的——我從前唯一的朋友。

他發問。

妳想怎麼做？

「……我……」

話語卡在喉頭。

我很清楚，一旦說出口就再也不能回頭了。這跟平常不同。平常的話，我不過是自己決定陪老師解決他遇到的危險。那麼做是當然的，也沒有考慮的餘地。可是現在情況相反。一旦說出口，就會將老師強行拉進我遭遇的危險中。依照老師的想法，一定不會阻止我吧。

即使如此，我還是說出口。

「……我……想跟另一個我，亞瑟王的精神見面。」

我一直都……

我多半一直都想這樣說。

早在不久前，與她初次邂逅又分別以前，就一直這麼想著。

「我想好好地弄清楚她實際的想法，以及她對我有什麼看法。我想知道的是她像我一樣懷抱的『真相』，而非亞瑟王的精神、從前的因緣那種『事實』。」

雖然沒辦法表達得很好，但我結結巴巴地揭開了內心想法。

「我認為她才是我最後無法面對的村莊祕密本身。我認為，正因為無法面對她，我在第一輪才會覺得痛苦不堪。因為我沒有面對應該相見之人，只是逃離那裡，倖存下來而已。」

「第一輪？」

「是我們的私事。」

貝爾薩克疑惑地皺眉，老師清清喉嚨這麼說道。

於是，騎士(凱爵士)再度開口。

「哼。著眼點很好，但妳可能會送命喔。話說在前頭，你們可別指望我。我跟那些單獨一人就足以逆轉戰局，連腦袋都由肌肉組成的騎士不一樣。和那邊的守墓人所說的一樣，趕快逃離這座村莊才是最安全的。」

「……是的，我想一定是這樣沒錯。即使如此，我也想見她。」

「對方或許會拒絕妳。妳們已經見過一面，那時是對方主動離去的吧。如果妳想落入骸骨兵手中，被村民們拿來舉行無聊的儀式，那我就不阻止妳嘍。」

「……是的。那種情況說不定會發生。即使如此，我也想見她。」

「哈，真好強。」

騎士聳聳肩，回頭望去。

「這是她的意思，你接受嗎，貝爾薩克．布拉克摩爾？」

「……真沒辦法。」

年邁的守墓人也嘆了口氣。

他舉起泛著皺紋的手指向我。

「格蕾，將亞德舉到眼前。」

「咦？可是亞德在沉睡……」

「這不成問題。需要的不是亞德的人格，而是作為禮裝的功能。移植到妳身上的魔術刻印進行過跟禮裝同步的調整。妳像平常一樣，把自己託付給鐮刀就行了。」

「……是、是。」

像從前受訓時一樣，我依照貝爾薩克的話舉起大鐮刀。

將鐮刀的重心靠近身體的中心，把意識集中在那裡。除去自身與鐮刀之間的境界，盡可能地填滿「空」。

「保持專注。將自己縮小到極限，等於將自己擴展到極限。把自己壓縮成一個點，同時擴張領域，以意識填滿所有世界。」

我不由得露出微笑。

因為這番話與老師課堂上所說的內容十分相似。我雖然在鐘塔上課，卻沒學到絕大多數的內容。我覺得自己像個面對一堆黃金卻不明白它的價值，甚至沒辦法帶回去的愚者……但是，也有透過這種方式得到的收獲。

一份對我來說太過珍貴的餽贈。

「…………」

我凝聚意識。

投向還在沉眠的亞德的更深處。

我將額頭咚地一聲貼上鐮刀刀柄。冰涼的感受讓額頭發麻，那股淡淡的感覺立刻傳遞至全身皮膚，迷濛地滲透整個內在。

光芒在我腦海中閃爍。

光芒馬上連接起來，幾道光輝相互連鎖，在我的頭頂及腳下像銀河般展開。

「……我看得見……道路。」

我無意識地呢喃。

「真意外。」

貝爾薩克的聲音傳來。

「如果妳做不到，我打算叫妳回去的……沒想到一次就成功了。在這短短半天之內，發生了什麼事？」

對貝爾薩克而言是半天，對我而言是半年。差異在於此處。

不過，一定不只如此。

「接著該怎麼做？」

「問光之路妳想去的地點。我不清楚這片地下空間的全貌，村民們與教會也是如此，多半連亞瑟王的精神都並非熟知路線。不過，那傢伙另當別論。他是沒有生命的封印禮裝，因此有資格知道這片墓地的一切。」

老師說過。

墳墓是最小的死後世界。

這片地下空間恐怕也一樣。作為布拉克摩爾的墓地，此處是生者不許踏入的聖地。亞德——形成亞德的封印禮裝，被設計成與這個聖地同步。

我意識到，布拉克摩爾的守墓人指的是我與貝爾薩克，同時亦是這件禮裝本身。我將意識集中在光的群體上，大量的光芒多得我無法掌握所有含義，因此要由我主動處理，只從中獲取需要的訊息。

大量的光芒立刻指示了幾條路。

「妳還好吧？」
「是、是的，老師。」
老師這個字眼，讓貝爾薩克一瞬間皺起眉頭。糟糕。如果現在開始解釋我們來自未來，不僅時間不夠用，也只會造成他的困惑吧。
「沒……什麼。我知道怎麼走了，出發吧。」
我挪動不聽使喚的雙腳，匆匆帶頭走去。
也許是受到同步影響，我依然靈敏的聽覺——
「……謝謝你，凱爵士。」
聽見老師的呢喃。
「啥？謝什麼？」
「你說出了我該說的話。」
「你搞錯了。我只是認為讓她趕快做出決定，比在無聊的對話上浪費時間來得好。」
老師與騎士的話語使我有點難過。
我到底受過多少幫助呢？我這樣想著，難為情與受到鼓舞的心情在胸中攪盪。
彷彿要揮開那股感傷，我們踏入新的地下黑暗空間。

3

伊露米亞修女快步在地下前進。

遍布於那個村莊地底的路徑錯綜複雜，他們也未能掌握所有道路，但正在運用已知的路線搶先趕往格蕾應該會通過之處。

半途，提著油燈的費南德祭司氣喘吁吁地開口。

「哈啊……呼……哈啊……那麼，格蕾果然跟那個魔術師一起、進入了這地道？」

「沒錯，祭司。」

伊露米亞開玩笑似的閉起一隻眼睛。

「我實在……難以判斷。她和村民們不是相當合作嗎？雖然村民們大概沒向她解釋過原因，即使告訴過她，按照那女孩的性格，她會毫不在意地交出性命吧？不，他們不是把她塑造成那種性格了嗎？」

「也許有某種契機讓她改變了想法。」

伊露米亞稍微放慢了步調回答。

費南德祭司一臉狐疑地歪了歪臃腫的脖子。

「比方說，那個鐘塔的君主？」

「骯髒的魔術師！」

伊露米亞的表情扭曲，就像在表明那個人應遭到唾棄。

「不過，他將艾梅洛的公主送回去倒是做得不錯。因為我特地建議過，要她別在此久留。」

「我覺得妳奇怪的偏好（性癖）也是個問題。」

「反正都是異端者，至少外表足以滋潤我的心靈這一點很重要吧？無論如何，不服從主的正統教義者不可能值得信任。」

祭司一邊擦汗一邊皺起眉頭，伊露米亞板起冷漠的臉孔宣言。

「……妳就是那種人啊。」

「祭司你有些過於同情異端者了，根本沒有必要為那群傢伙費心考慮。」

「這個嘛……我這種本地出身的祭司，難以理解像妳一樣的核心成員的想法。」

「不過我是私生女就是了。」

修女得意地揚起嘴角微笑，祭司用手帕擦擦臉頰，跟了上去。

身材火辣的修女與胖得幾乎像個球體的祭司極不搭調，兩人在地道裡走動的身影宛如老恐怖片中的畫面。

前方的空間立刻變得寬敞。

看起來可以容納整棟宅邸的黑暗空間裡映出新的人影。

「追上了——！」

不過，人影的外形令伊露米亞不禁眨了眨眼。

有一瞬間，對方的氣息十分酷似格蕾，但那是完全不同的人物。

那緩緩地回望兩人的身影穿戴著奇怪的面具及鎧甲。人影身後佇立著幾名骸骨兵，散發出的強勁氣勢就連在這片怪異的地底都令人不得不瞠目結舌。

「……哎呀哎呀。」

修女茶褐色的眼眸中充滿鬥志與緊張感。

「明明長期待在同一個村莊裡，這卻是我們第一次見面呢。」

「…………」

戴面具者沒有說話。

她迎面直盯著修女與祭司。

「我聽說過很多關於妳的事。亞瑟王的精神、布拉克摩爾墓地的幕後主人。妳面對聖堂教會的代行者，連話也不想說嗎？」

這名修女知道面具少女的真面目嗎？

戴面具者沉思短短數秒之後，舉起一隻手。

【清除他們。】

凌厲的意念發出指令。

保衛面具少女的骸骨兵們同時蜂湧而上。

兩具骸骨兵將長槍靠在腰際發動突擊(Charge)，伊露米亞修女覆蓋至手肘的鎧甲以精準無比的時機與角度彈開兩把長槍。她順著那股勁道撲進骸骨兵懷中，揮出猛烈的勾拳。

一具骸骨兵的胸骨當場凹陷，緊接而來的直拳粉碎另一具的下顎。

「真省事！很合我胃口！」

修女的灰鎖掠過一陣紫電。

能夠對神祕的存在造成打擊的概念武裝鮮明地點綴了伊露米亞勇猛的笑容，擊破異端的剎那正是她的存在意義得到滿足的時刻。

「對，除掉格蕾也不錯，但對象換成妳也行。就算這個村莊真的企圖做什麼喚回亞瑟王的愚蠢儀式，只要除掉妳或格蕾，事情就解決了吧？」

當她發出宣言，舔舔朱唇要打倒其餘的骸骨兵之際。

她的腳步頓住。

伊露米亞猛然停下，旋轉了半圈，一記反手拳重擊從背後來襲的骸骨兵腕骨，吃驚得瞪大雙眼的人卻也是她。

「……等等，這算什麼？」

她的低語在地下空洞裡徘徊。

方才被伊露米亞擊碎的部位瞬間重生，骸骨兵們再度站起，自她背後揮著武器砍過來。不只如此，連她剛剛用反手拳破壞的部位也在轉眼間不斷修復，感覺就像在觀賞倒放的電影。

伊露米亞再度揮出上勾拳打碎敵兵的下顎，拉開距離以免被追上。

「這片地底的大源（Mana）不知為何特別稀薄，但為什麼連小嘍囉的魔力量都那麼高啊？這意思是非得補上致命一擊才行？」

「伊露米亞修女……這是……地上的……」

驚慌失措的費南德祭司目光上下搖動，向她暗示原因。

（……果然，是那些村民供應的？）

她也想到同一個原因。

此時此刻，有許多村民正在地面上的黑面聖母像前祈禱。

這種行為相當於——精氣（Od）遠比現代一般人豐沛的村民們正在獻上自己的魔力。

正因為如此，這片地下空間才會不斷產生骸骨兵。正是由於接受了生者的意志與祈禱，亡者才得以在這片大地上留下新的足跡，揮舞利器。

伊露米亞修女於千鈞一發之際躲開攻勢，第一次嘖了一聲。

「沒完沒了！」

【不，自有終結之時。】

原本在觀察戰況的面具少女展開行動。

意念空虛地響起。

「…………！」

伊露米亞跪倒在地。

她突然失去力氣。

有什麼東西像在抽取修女所有的精氣般，即將誕生。那個自靈體顯現的形體吞食著村民們的精氣、變得稀薄的大源與一切力量，取而代之地，它似是正在強行挪動四周的空氣，創造出不該出現在地下的暴風。

她從剛才開始就覺得地底的大源異常稀薄，難道原因是……

「因為那個……存在嗎……？」

不清楚自己的臆測是真是假，伊露米亞活化體內的魔力，同時發出呻吟。

因為，面具少女的手中──

＊

就像受到星辰指引一樣。

一度在腦海裡浮現的光芒彷彿直接牽引著我的雙腿般，讓我走向特定的路線。身體在遇到岔路時自然地行動，即使一片漆黑也不曾迷路。老師、騎士與守墓人(貝爾薩克)都在我的背後，我像正在作夢般往前走。長得令人驚訝的路程，使人連想到這個地下洞窟的規模。

過了一陣子，我們進入一片開闊的空間。

空間裡有某種建築物……老師舉起的魔術照明映照出那棟建築物。

那莊嚴的石造建築是一種宗教神殿，已經十分陳舊了。

「地下……有神殿……？」

「這或許正是墳墓。」

老師呢喃。

這是村莊的祕密嗎？沒有告訴布拉克摩爾的守墓人——至少尚未告訴我的一部分知識。

「怎麼樣，貝爾薩克．布拉克摩爾。你有什麼見解嗎？」

「不。我聽說過地下好像有這樣的建築物，但也是初次親眼目睹。」

貝爾薩克搖搖頭。

老師不再追問，直接踏入神殿內。

一跨越入口，新的人影便落入眼簾。

「————！」

那不是人。

神殿內擺著一尊酷似人體的雕像。

看到在地上的村莊中見過無數次的雕像，我輕輕屏住呼吸。

「……這裡也有黑面聖母……」

塗成漆黑的聖母像端放在神殿一角。

我以直覺判斷那尊雕像的歷史與神殿相當，或是更加古老。地面上的聖母像說不定是模仿這尊雕像製作的。

「從前拜訪村莊時，我便對這尊聖母做了假設。」

老師仰望著聖母開口。

「在歐洲各地都看得到黑面聖母，但有幾種不同的模式。其中大多數是與當地的大地母神混合而成。」

「大地母神嗎？」

「許多主保聖人也是如此。即使是龐大的宗教，也具備一定的彈性。前往新地區傳教時，他們不會只將教義強加於民眾，也會保留吸納當地神話與傳說的空間（緩衝）。黑面聖母便是這種表現之一。」

老師冷靜的話語像平常講課時一樣，在神殿裡響起。

宛如在讚美她。

宛如在估量她。

「在這類大地母神的衍生裡，存在一名女巫——流傳於時代與地點各不相同的多個傳說裡，多半是由數名人物混合而成的女巫。對，摩根勒菲在你登場的亞瑟王傳奇中也是很熟悉的名字吧，凱爵士？」

「……真是教人頭疼的老師。」

騎士聳聳肩。

不過，與其說他實際上感到頭疼，感覺更像想要諷刺一下。

摩根勒菲。

我記得在亞瑟王傳奇裡，這位人物是亞瑟王的姊姊。這代表著，她與身為亞瑟王義兄的這名騎士（凱爵士）因緣匪淺。

老師不介意地說：

「先不提亞瑟王傳奇，在凱爾特神話中經常出現的女巫摩根，有時是夢魔的女王，有時是戰爭女神，有時也是命運三女神。相傳她會帶著烏鴉隨行，偏愛變身為烏鴉。」

烏鴉。

永不復返（Nevermore）。

率領大量烏鴉群的布拉克摩爾守墓人們。

「哈！說來遺憾，我對摩根所知不多，畢竟她是個很複雜的女人。不，女人大都如此就是了。」

騎士的回答就像遙遠往日的故事。

實際上，對現在的他而言，那是多久以前的往事呢？短短幾天前？還是他跟我們一樣，覺得那是一千多年前的事情？抑或是更加不同的情況？

「只是，這個村莊應該確實曾跟摩根有關。這尊黑面聖母像隱約有些她的影子。哼，所以他們才選中這座村莊吧。」

他的吐息摻雜著苦笑。

「他們大概並非希望摩根幫什麼忙。她憎恨國王，雖然最後她好像教唆莫德雷德犯下了什麼惡事，也沒必要在國王去世後還斤斤計較……不過我死得更早，無法說些什麼千真萬確的評論。」

神話的終點。

我也知道亞瑟王傳奇的最後結局。

亦即，卡姆蘭之丘的戰役。相傳亞瑟王擊敗叛逆騎士莫德雷德，卻在那一戰受到致命傷，將聖劍託付給他所信賴的騎士貝迪維爾。不愧是英國最著名的傳說，這段故事有各種各樣的版本，其中也有提到當時出現的三位妖精有一位就是摩根的橋段存在。

老師輕輕搖頭。

「我不知道當時的摩根有什麼期望。既然你不知道，我也不可能知道。然而，無論當時的摩根是否希望，都留下了火種。那個火種歷經代代相傳，在超過一千年後產生了某個結果。」

老師在此處停頓了一會兒。

「也就是說，那是格蕾嗎？」

「…………！」

話題的結論理所當然地落在我身上。

只是，這次我不感驚訝地接受了此事。

老師的目光緩緩轉向年邁的守墓人。

「貝爾薩克．布拉克摩爾，你有何看法？」

「上一代守墓人只告訴過我關於規矩的訊息。那些與黑面聖母也有關連的規矩，會代代傳給布拉克摩爾的守墓人。」

「就是那四條規矩吧。」

村莊規定的四條規矩。

・一是，進村時向聖母像禮拜。
・二是，深夜不外出。
・三是，不單獨一個人接近墓地。
・四是，即使多人同行前往墓地，也絕對別靠近沼澤。

那是我也曾被要求遵守的規矩，因此我當然記得。
老師為了慎重起見，確認了內容，貝爾薩克神情嚴肅地頷首。
「沒錯。由守墓人相傳的魔術刻印只會感應到有幾條規矩被打破了，這個部分尚未移植給格蕾。」
「……啊。」
我也按住右手。
雖然同樣稱作魔術刻印，也運用相同系統的技術，但據說布拉克摩爾守墓人的魔術刻印與魔術師的刻印差異頗大，不會在每一代添加新魔術，相對的，沒有血緣關係的我在移植後也幾乎沒發生排斥反應。至於功能就像先前一樣，只是用來操作亞德。
就算得知有一部分魔術刻印具備監視村莊規矩的功能，我也僅只是覺得「原來如此啊」。

可是——

「……老師？」

「規矩……有四條……」

老師喃喃說著，按住眉心一帶。

「首先，進村時一定要向黑面聖母禮拜。那麼……」

他用手指畫出一個圓。

我總覺得那是村莊的地形。那微微的凹陷與地圖上的村莊相符，自己竟然還記得那種事，我也有點驚訝。

「不一個人接近墓地，和要跟守墓人一起去是同樣的意思吧？」

「……對，就是這樣。」

貝爾薩克也承認。

「……那是自何時……不，在這個情況下，對誰而言……」

老師沉默地垂下頭。

當老師像這樣陷入沉思時，對外界的事物幾乎是毫無反應。他將自己撤回精神的宮殿，用上所有智慧試圖揭開錯綜複雜的謎團。哪怕魔術能力比他人遜色，在知識與思考量上也絕不落於人後——也許有些人會嘲笑老師，視如此行為是徒勞無功的掙扎吧，但這就是他的本領。

所以，我沒對他說任何話，貝爾薩克和騎士也沉默不語。

不久之後——

「……格蕾。」

老師呼喚我。

「是、是的。」

「既然妳打算與亞瑟王的精神見面……我想拜託妳一件事。」

他接著告訴我的內容讓我連連眨眼。

「雖然我辦得到，可是由我來說沒關係嗎？」

「這件事必須拜託妳。由妳來說，應該會比由我開口更有效果。這或許是相當危險的賭注，但為了突破現狀，無法避免。」

當老師補上危險一詞，我吞了口口水。

因為老師總是踏入各種險境，他對於危機程度的感受能力十分發達。這樣的他特地強調了危險，其中到底包含多麼可怕的可能性？

縱然如此——

「……我明白了。」

我點點頭。

無論如何，我不可能有理由拒絕老師的請求。就算不知道他的意圖與那件事的危險程度，我也不在乎。沒辦法幫上老師的忙才是我唯一無法容許的事，如果我這樣說出口，老師或許會面露為難之色。

正當我暗中下定決心之際。

神殿外剎那間掠過一道閃光。

不，那真的是光嗎？明明是無庸置疑，令人目炫的光輝，卻是不存在於人類概念中的漆黑光芒。

然而，我們認識那道光。

「——那……是！」

我們在衝擊的吸引之下慌忙跑出神殿。

趕到現場的我們，目睹令人難以置信的景象。

4

就在神殿旁。

兩方的勢力正在對峙。

一方無須多言。

是數十具骸骨兵與戴面具的少女。

穿戴堅固鎧甲的少女宛如指揮古代戰場的將軍。配上那副恐怖的金屬面具，她看來也像是睥睨世界的女巫。

不過……

問題在於面具少女手中所持的「槍」。

周身環繞著漆黑的強烈魔力，自外部裝飾延伸出數根如利牙般的尖刺，雖然外觀變得截然不同，但我不得不確信，那個存在與我持有的「槍」十分酷似。

換言之，那是……

「……黑色的、先鋒之槍。」

我的聲音發顫。

沒想到那種東西居然會出現在我眼前。

不，從某種意義來說，這不是理所當然的展開嗎？既然我是亞瑟王的肉體，她是亞瑟王的精神，同樣的「槍」託給我們雙方反倒才是自然的法則。

我聽見老師吞了口口水。

「……這是怎麼回事？」

「據說我持有的『槍』本來就是主體的影子。」

我抱著大鐮刀開口。

老師轉動目光。

「原來如此。若是影子，即使同時存在複數也不成問題嗎？這下麻煩了。」

雖然這句話幾乎算不上是解釋，但老師似乎聽懂了。

畢竟高舉的「槍」想當然耳是正對敵人。

正與面具少女對峙的，也是我們所知的對象。

聖堂教會。

數年前赴任的修女。我突然得知其身分是樞機卿私生女這項意外事實的人物。

「……伊露米亞修女。」

「怎麼，本來以為被妳給逃了，這次竟然自己主動送上門了？」

修女揚起泛著光澤的嘴唇，露出笑容。

她的雙手雙腳都佩戴著奇特的鎧甲。當她用力揮手，精湛的反手拳便擊碎骸骨兵的頭蓋骨。

可是，那只限於片刻。

骸骨兵接二連三地從修女掃蕩過的地方出現。

她打倒越多骸骨兵，出現的數量好像反倒變得更多。也許是自展開戰鬥後一直面對這種情況，伊露米亞似乎也因此感到厭煩。她以掌心抹去脖頸的汗水，同時發出刻意的嘆息。

「……呼、嗯。魔力來源果然是地上的村民吧？」

「村民？」

「這裡的大源稀薄，接通路徑(Path)的地上村民們卻將自身的精氣源源不絕地輸送過來。啊，異端就是因為這樣才罪孽深重。模仿主的形象，卻滿不在乎地做出截然不同的行徑。」

伊露米亞撇了撇嘴角，揮動雙臂。

那精彩的左右開弓令人忍不住想寫入拳擊的教科書。

骸骨兵的手臂、腿骨隨著每一擊碎裂四散，他們卻不退縮。不只如此，骸骨兵損傷的部位每隔數秒就會修復，同時成群湧向伊露米亞。

「啊，這個循環我受夠了！」

她踏著宛如疾風般的步伐，在急速低頭閃躲後刺出左右勾拳，以犀利的跨步應付骸骨兵。她回過頭。

「祭司！」

「我、我知道！」

幾乎胖成球體的祭司躲在她身後，深吸一口氣。

他緊握胸前的十字架，大聲呼喚。

「萬民啊！你們要聽這話。

世上的居民啊！你們要留心聽。

不論地位高低，或貧或富，都要一同留心聽。」

那是我在講道時聽過許多次的一節。

從前自這名祭司口中聽聞的話語，此刻蘊含非同小可的「力量」。

「但他們沒有一個能把自己贖回，

或把相當於靈魂的等價交給神。」

滔滔不絕的聲音很快地啟動術式。
形成神祕的，連這片土地也並非無關的強勁水流。
在鐘塔稱之為——人類最大的魔術基盤。

「他們以自己的名稱呼那個地方。
他們心裡想，他們的家必永存，墳墓正是他們永遠的住處。
但是人不能長享富貴。」

隨著那句經文，異變發生了。
正要襲擊祭司的骸骨兵們以他為中心停止動作。不只如此，其中一部分骸骨兵趴倒在地上，轉眼間化為塵土崩潰散去。

「——他們就像要滅亡的牲畜一樣。。」

在祭司劃下十字為禱文作結時，附近的骸骨兵全都崩解。
宛如是拜倒在神的威嚴之前。
「洗禮詠唱嗎……！」

老師呻吟道。

聖堂教會唯一公開允許學習的魔術。老師以前在課堂上評論過，那是教會會的唯一一種魔術，但或許也因此無所不能。

「利用奠基於聖堂教會信仰的人類最大規模魔術基盤，憑藉暴力淨化周遭。雖然物理效果不高，在靈魂與詛咒方面卻威力絕大。那正是強行施加信仰這種規則的天理之鑰本身。」

「怎麼會……！」

原來如此，那的確可稱作唯一且萬能吧。

即使模式寥寥可數，只要那唯一一種足以壓制一切就沒有問題。實際上，當時老師也提到過，聖堂教會會以聖禮形式行使別種魔術，伊露米亞異樣的體能或許就是這種情況，但在此刻，我僅僅聚焦於該魔術基盤的強大之上。

「雖然似乎影響不了那名面具少女與騎士(凱爵士)的靈基，但以骸骨兵的程度是無法靠近的。不過，同樣利用魔術基盤的我們，力量也會被迫跟著衰滅……」

伊露米亞修女是不可估量的對手，我得知了此事。她是將異端之王的復活視為危機的聖堂教會派遣的代行者。

不過，真沒想到從更早以前開始就一直守著教會的祭司同樣也是魔術師。

「……哈哈，我可不覺得光靠洗禮詠唱就能解決問題。」

伊露米亞看著從洞窟彼端現身的新骸骨兵，微微頷首。

朝我們頷首。

「不過，就算不除掉亞瑟王的精神，除掉妳(肉體)也一樣吧？」

「——————！」

伊露米亞以兩隻護手甲對碰，猙獰地笑了。

正當我以為她露出了一口白牙的瞬間，她延Z字形的軌跡躍起。她靈活地重踏洞窟石壁跳躍到另一處石壁，展現豈止人類，甚至是野獸也不可能達到的超越性高速。

「這也太誇張了！」

老師沉吟。

啊，我在魔眼蒐集列車(Rail Zeppelin)目睹過。

人稱代行者，聖堂教會自豪的黑暗戰力。他們作為神聖之刃經過磨練的能力，絕不遜色於鐘塔的魔術師——！

亞德在沉睡，現在的我連正規的「強化」都難以做到。我甚至無法以目光持續追逐她靈活的動作。伊露米亞在黑暗中留下複雜的軌跡，自身化為一道銳利的箭矢突擊我們。

身體自然地行動了。

至少我必須保護老師。

啊，幸好老師的反射神經沒靈敏到足以有所反應，對手這次的目標也是我，而非老師。

「如果妳沒出生在這種村莊裡就好了。」

隨著那聲呢喃，最後映入我眼中的，是從那副護手甲迸發的紫電。

堅硬的聲音響起。

結果讓我懷疑起自己的耳朵。

因為，那是貝爾薩克的斧頭擋下伊露米亞護手甲的聲響。

「嗯？我還以為你會袖手旁觀。」

「我也是布拉克摩爾的守墓人。」

以斧頭卡住護手甲，貝爾薩克用低沉的嗓音低語。

「我看中的繼承人說她想做某些事。那麼，見證她的行動就是我的職責吧。」

「這番話說得很有人情味嘛。」

伊露米亞笑了。

她面帶笑容，迅速抬起腿。

腳跟以猛烈的速度自貝爾薩克頭頂劈下，在千鈞一發之際掠過他的臉頰，落在地面，鑿出坑洞。那股速度與威力簡直像接觸了利刃一般，難怪會割傷老人的臉頰。

就算如此，貝爾薩克依舊堅定不移。

「去吧！」

受到那聲呼喊的鼓勵，我邁步狂奔。

在稀釋的魔力中，我勉強驅動可能範圍內最低限度的「強化」揮動大鐮刀，擊退成群的骸骨兵。這種感覺簡直像在水中奔跑般令人焦急，但我仍竭力挪動腳步，握緊大鐮刀掃蕩阻礙。

我衝刺到面具少女面前。

【為何、前來。】

意念響起。

與方才相同的意念，卻帶有足以令我感到意外的不同。

那時候，我心中充滿驚愕與恐懼。我不知道自己的故鄉有這樣的一片地底空間，更不知道還有跟我一樣與亞瑟王緣分匪淺的人物。

「我是來……見妳的。」

我自喉頭擠出話語。

【為了什麼目的？】

「為了……問妳。」

我斷斷續續地告訴她。

在交談當中，骸骨兵群也並未停手。我缺乏足夠的力量，沒辦法以原有的姿勢徹底揮動大鐮刀。我砍不斷骸骨兵，只能吃力地遠遠打飛他們當作牽制。多麼難看啊。

縱然如此，我依舊向她發問。

「妳真的是亞瑟王的精神嗎？」

【沒錯。我是昔日存在的國王的方向性。是殘骸，是殘像，是為未來而保存的數列。】

意念將訊息投向我。

光是這樣便讓我感到恐懼。正如她所言，剛剛的意念蘊含她的方向性本身……我害怕的是，那實在太有條不紊。

太過極端。

就像看到數學公式羅列在眼前。

假使她是亞瑟王的精神，生前的亞瑟王到底具備怎樣的人格？儘管為時短暫，亞瑟王拯救了荒廢的不列顛，是與眾騎士們締造了無數勝利的英傑。深受民眾敬仰，詩人歌頌，直到一千多年後的現在，依舊是這個島國首屈一指的英雄。

然而——

如果亞瑟王的精神就是她，那真的是人類心靈的存在方式嗎？與其稱作人類，那更像是不同的某種神靈……

（……不對。）

我不是為了思索那種事情前來此處。

所以，我揚起目光。

問出該問的問題。

「妳一直都在這裡嗎？」

【…………】

響起的意念是一段空白。

類似驚愕的情緒。

她彷彿在對我說：「妳偏偏要問這件事？」

「……是妳。」

洞窟似乎正嘎吱作響。

至今一直投射出強大意念的面具少女，這次親自開口說話了。

「十年前，我在此處和妳一起甦醒了。」

「……和、我……」

我一瞬間說不出話來。

當然，我記得十年前的事。那是我的身體突然開始改變，變得與他人相同的時候。當時的我無法接受自身的變化，僅會蜷縮在角落，沒想到她居然同樣在此處甦醒了。

那麼，十年來她一直都是在地底度過嗎？

「那……村民們呢？」

「村中只有身為首領的老婦人知情。你們好像稱呼她姥姥？話雖如此，叫什麼教會的組織似乎也隱約察覺到了。」

「……………」

在這座村莊裡暗中上演的戰爭。

可以說是另一個我的人，揭穿了長達十年之間，我都被蒙在鼓裡的真相。

「我認為妳應該逃走，應該逃到天涯海角。」

她的話語沉重地橫亙在我腳邊。

無論她抱著何種心境，那句話一定是真實的——話語中帶著這樣的分量，足以讓我這麼覺得。

「可是，妳回來了。結果妳回來了。那麼，我要做的事只有一件……我要在這裡擒住妳。」

少女的手緩緩舉起。

戰慄的惡寒竄過背脊。

在黑色先鋒之槍槍尖一閃而過前，我猛然舉起大鐮刀。

驚人的衝擊擊中大鐮刀，將我的身軀一併打飛。由於不可能擺出防禦動作減輕衝擊，我被打飛到令人難以置信的高度，自背部著地，重重撞上地面。強大的魔力在我全身流竄，彷彿撕裂所有的神經。與其說是疼痛，那更像一股灼熱，在我的肌肉縫隙間燃燒。

我咬緊牙關。

我扶著大鐮刀站起身，我知道雙膝正在格格打顫。

不只如此，承受了衝擊的大鐮刀也像隨時都會解體一般嘎嘎作響。

（扛、不住——！）

多半是為了留我一命，攻擊明明收斂了威力，大鐮刀形態的亞德卻到達了極限。

可是，亞德在沉睡，別說啟動內部的先鋒之槍了，甚至連基本的形態變化都不可能實行。雖然我藉由吞食漆黑之槍淌流的魔力維持住最低限度的「強化」，程度也只比一般人略強一些而已。

我嚥下口水與恐懼。

我抬起頭，試圖與面具少女面對面。

但面具少女並未立刻發動新攻勢，停止不動。

「所以說啊，妳住手吧。」

「……你是？」

擋在我與面具少女之間的騎士，臉上浮現奇異的神情。

不，他的臉孔依舊一片模糊，看不清楚。所以，只是我這麼認為而已。

「哈哈，妳果然沒有記憶嗎。說得也對，單靠精神沒辦法保持明確的記憶，就算成功保持也難以讀取，因為那是肉體(容器)掌管的領域。唉，不然的話，大腦又是在做什麼來著，是虛有其表的廢物嗎？同樣以精神為模型的我，也得依靠那個小匣子來保持記憶。」

騎士持劍的那隻手豎起食指，轉了轉。

那與其說是騎士，更像小丑(Clown)。不過，他果然並非小丑，而是騎士。他開玩笑般的一舉一動不知為何都令我想到不曾目睹的宮廷。吵吵鬧鬧、笨拙生澀、虛幻又脆弱……然而，應該十分美麗吧？

那據說由亞瑟王與圓桌騎士們統治的宮廷。

凱緩緩開口。

「不過，妳的狀態真教人目不忍睹。我雖然薄情，但連我都覺得太不舒服。」

「……住口。」

隨著低沉的話聲響起，先鋒之槍三度斬斷虛空。

騎士（凱爵士）沒有試圖迎面接招。

不是以毫釐之差驚險躲過，他游刃有餘閃開漆黑先鋒之槍及槍上附帶的魔力。不僅第一擊，第二擊、第三擊也一樣。他大動作地閃避，未能反擊，但騎士也不打算正式還擊，只是偶爾揮劍作為牽制，捉摸不定地應付眼前場面。

面具少女乍看之下壓倒性地占上風，卻沒辦法將凱逼入困境。

在與骸骨兵群交手時，他也展現過這種卓越的技巧。那絕非超人般的神速動作，也並非憑天賦之才看穿對手的舉動。然而，這名騎士確實具備屬於身經百戰的高手的本領。

騎士退了三步，輕拍劍身側面。

「啊，無論劍術或槍術，都太過乾淨到噁心的程度，看得我想吐。別看我這樣子，對不擇手段的打法可還算在行。我就再騷擾妳一會兒吧。」

「多管閒事。」

面具少女的聲調既不急促也不焦慮。

只是，她的確無法從騎士身上移開視線。兩人之間就像有種看不見的引力在作用。

騎士進一步躲開後續的連擊，宛如走鋼索一般不斷閃避面具少女的黑「槍」。與其說是劍法，他的行動更近乎於雜技。

我也試圖上前。

哪怕只有一步，我也試著邁步前進。

「格蕾。」

一個聲音呼喚道。

那隻細瘦的手攙扶住我。

「……老師。」

在三方混戰的鬥爭中，老師果然是最弱的那一個。即使跟有能力處理骸骨兵的費南德祭司相比，這一點也顯而易見。就像平常一樣，老師沒有決定戰況的力量。

不過，他絕非無力。

「妳是來見她的吧。」

「……是。」

那句話給予我莫大的鼓勵。

空氣流入我哽塞的喉嚨。即使是地底淤滯的空氣，也讓我生了足以奮戰下去的想法。

「我叫……格蕾！」

我發出吶喊。

「妳叫……什麼名字？」

「我沒有名字。我是王的精神，如同妳是王的肉體。」

面具少女呼吸絲毫不亂地揮動著「槍」。

宛如在說——戰鬥對她而言正是日常生活。宛如在強調——昔日那位國王就是那般輕鬆地歷經了許多戰役。

實際上，甚至連應該與國王一起參與過那些戰役的騎士（凱爵士），都沒辦法讓她身上冒出汗珠。他正用幾近於詐欺的技術躲避面具少女的「槍」，然而，隨著她逐漸恢復冷靜，我看出戰況正逐漸惡化。

「妳的專有名稱毫無意義。我與妳是為了最終合為一體而存在的。」

果然沒錯，我心想。

我有想過她一定會這麼回答。

「啊。如果妳覺得沒有名稱不方便，可以稱呼我骸王。只不過是三分之一的我，與昔日國王不可同日而語，但我至少無疑是它們的國王。」

面具少女望向周遭的骸骨兵群說道。

不，亡者之王——骸王這麼說。

「那麼，骸王。」

我重新呼喚。

「我是來問妳的。如果說我在那個村莊，而妳在這裡，我認為我非得問妳這個問題不可。」

我吸了一口氣。

我傾注力道發問。

「妳——妳真的想讓亞瑟王復活嗎？」

*

——另一方面。

火花無數次在貝爾薩克和伊露米亞之間迸散。

守墓人與修女。

在地上的村莊裡，兩人一路以來互相幫助。

不僅限於有村民去世，進行追悼的時候。由於村莊小，他們交流的範圍廣泛，教會耗費體力的勞力活常常交給守墓人貝爾薩克來辦。貝爾薩克吃過伊露米亞親手烘焙，作為謝禮的點心，伊露米亞也曾用貝爾薩克帶來的木柴生火取暖。

他們想過總有一天事情會變成這樣嗎？

他們都料到遲早將互相殘殺，卻同時過著平靜的村莊生活嗎？

伊露米亞拉開距離，有節奏地踏著步點，同時開口。

「真意外。我以為你單純是根據資質選擇了那女孩（格蕾），沒想到感情深到會在這種時機幫助她。

「……守墓人有守墓人的作風。」

貝爾薩克簡潔地回答。

多次劇烈衝突，導致他外套的一部分燒得焦黑。她的灰鎖散發紫電，擊打守墓人。

「哼~那麼，你跟這個國家有聯繫？啊，國家是指英國而非威爾斯。」

「……妳知道？」

「那還用說，你以為聖堂教會是什麼來著？」

在語帶詼諧的談話之間，伊露米亞的身軀不曾停頓過一瞬。

她再度如閃電般逼近，雙手左右開弓並穿插瞄準肝臟的勾拳，身體一個迴旋，朝貝爾薩克頭側使出一記踢腿。所有攻勢都帶著概念武裝灰鎖的紫電，連從周遭逼近的成群骸骨兵也順道被打得粉碎。

架開這些攻擊的貝爾薩克也非比尋常。

他握著巨斧斧柄中段，準確地抵禦修女攻擊中針對要害的部分，留意些微的距離變化，絕不讓伊露米亞取得有利的位置。雖然以動作數量來說不及修女的一半，高效率的搏鬥動作卻足以彌補那差距。

因此，兩人的戰鬥處於膠著狀態——

——不，不對。

戰況必然地進入了下一階段。

「還有這一招。」

貝爾薩克打橫舉著巨斧的手。

斧頭旋轉。

「Quoth the raven.（烏鴉呢喃）」

隨著蘊藏某種「力量」的咒語，斧頭之上出現了什麼東西。

那是烏鴉。

伊露米亞看穿烏鴉並非實體。

多半是類似鐘塔召喚術般喚起的低級靈。不過，布拉克摩爾的守墓人在此地施展的召喚術，可能具有什麼樣的意義？

「■■■■■■■■■——！」

烏鴉啼叫。

人類的耳朵無法聽懂那種叫聲，爆炸的魔力波濤痛擊企圖從側面湧來的骸骨兵。

看著轉眼間脆弱地崩潰的骸骨兵——

「——嘖！」

伊露米亞早就大幅向後一躍。

自灰鎖迸發的紫電短暫撕裂地底洞窟的黑暗。那是她的殺手鐧嗎？烏鴉發出的衝擊波在紫電之盾前被抵消。

縱然如此，修女一隻手的灰鎖仍裂開了一道大口子。

貝爾薩克召來的烏鴉，叫聲的威力就是如此猛烈。

「這是口耳相傳的魔術？」

「按照你們的理解，是這麼回事。」

貝爾薩克不動聲色地回答。

靈體烏鴉攀住他的肩頭，準備面對接下來的發展。

守墓人一瞬間也不曾望向作為他的繼承人的少女。

*

「咿！」

說來當然，一次洗禮詠唱所能無力化的骸骨兵僅限於一小部分。配合魔術基盤，祭司的洗禮詠唱具備相當高的強度，卻仍未達到唸出一小節（One Count）就能發揮效果的領域。不，這種計算方法本身就來自於那應當唾棄的魔術協會，總之因為這個緣故，祭司正四處奔逃。

他好幾次絆倒，驚險地躲開朝他揮落的利刃，不停挪動一雙胖腿，運轉身上的魔力。

由於伊露米亞修女正專注於跟守墓人交手，光是保住一命都得感到僥倖了。

不知唸完第幾次的洗禮詠唱後，祭司首度停下腳步。

不斷逃跑的他，不知不覺間被逼到了地下空洞的土牆附近。

幸好，追來的骸骨兵幾乎都離(Turn)開了，但另一個現象讓祭司不解地歪了歪胖嘟嘟的脖子。

「……那是？」

費南德祭司發現，土牆正發出奇異的聲響。

5

「妳——妳真的想讓亞瑟王復活嗎？」

感覺就像吐出了某種極為沉重的事物。

面對那個問題，她毫不遲疑。

「那是當然。」

面具少女——骸王低語。

「我就是為了那個目的而被再現、保存的。我是昔日那位國王的精神經過正確地數值化，正確地賦予形體之物。」

跟凱爵士一樣的精神模型。

骸王也是那種人為製造的存在嗎？

我感到某種冰冷至極的事物刺進胸口。和我一樣被製造出來，在我開始變化的同時甦醒的她。這種關連讓我覺得她的發言彷彿是出自從前的我之口。

「妳好像認為自身的意志有價值。不過，別把妳的價值觀套在我身上。」

骸王拒人於千里之外地斷言。

在斷然回答的同時，她輕輕掃開從側面呈斜角刺來的長劍。

「——嘖，毫無破綻啊。」

騎士嘖了一聲，聳聳肩。

「起碼多聽一下同胞的意見啊。既然妳身為國王的精神，傾聽民意也是王者的器量吧？」

「如果我判斷收集訊息與撫慰民眾比消耗時間更有意義的話。」

「果然不像她啊，骸王。」

我覺得騎士朦朧的表情好像扭曲了起來。

但我不明白那是憤怒或悲傷，還是其他更加不同的情緒。

「那妳還算好的。我打從心底覺得慶幸。衡量金錢、權力與影響等等因素，為了利害與盤算相爭才有人味。某個副官總是嚷嚷著那些數字，最後採用那傢伙的方案的比率也是最高的。啊，光是那樣就好了。什麼理想之王太教人心裡發寒，連笑話都算不上。」

「胡說八道！」

骸王的「槍」格外凌厲地穿過虛空。

這一次，槍尖掠過騎士手臂。

傷口並未流血。因為騎士（凱爵士）的靈基沒有穩定到足以構成確實的血肉。不過，我覺得他受創的程度以人類而言，算得上重傷。

「凱爵士！」
「……不行，格蕾。」
老師開口制止我衝出去。
在這段期間，骸骨兵群也企圖一湧而上。剛才費南德祭司引開了一大群骸骨兵，但剩餘的士兵數量仍足以壓制我們。雖然老師正發射無力的咒彈與之對抗，但那種程度的攻擊無法阻擋它們前進。
這讓我下定決心。
在此之前，老師曾託付我一件事。老師說這或許會有危險，但如果她無視他的發言，他希望改由我來開口。
所以，接下來我要說出老師交代的內容。
他告訴我或許會有危險的內容。
「請聽我說！」
我說出開場白。
「就算對妳說這些，妳或許也無法理解……但我見識了外面的世界，我親身經歷了長達幾個月在外界的生活。」
我按住胸口。
宛如要將這幾個月充斥我心房的那些恩惠傾注於她。

「我一直……覺得我無法適應那種生活。即使能享受故事的樂趣，但我一定跟故事裡的事物合不來。我覺得接近我的人都只會感到噁心，可是……我過得很開心。」

「妳在說什麼？」

當然，骸王的聲調顯得很困惑。她應該不明白我在說些什麼吧。就算是我，若有人在戰鬥途中突然告訴我這種事，也會不知如何是好。儘管如此，現在我有必要往下說。

我吞了口口水。

刻意緩緩地說出老師要我轉述的話語。

「明天早晨，村民會發現一具與我同有一張臉的屍體。」

「——屍體？」

「這是真的。我不知道這次是否會發生，但曾經是這樣的。」

那句話得到意外的反應。

「妳說……什麼？不，既然妳說……已經體驗過幾個月外界的生活……」

至今動作流暢地戰鬥的面具少女一瞬間僵住不動。

她揮動的「槍」劃出的軌跡首度生了晃動，眼看就快被逼到絕境的騎士(凱爵士)向後一躍。

這是老師想要的效果嗎？

一手按住面具，持「槍」的骸王呻吟了半晌，配上那副面具，眼前景象宛如野獸在嘶吼。當我這麼想時——

「……翠皮亞嗎……！」

她呻吟道。

她與那位阿特拉斯的鍊金術師有關嗎？

也許是因為主人陷入沉思，周遭的骸骨兵群也暫時停止了行動。接連響起的呻吟聲彷彿要壓碎洞窟內的黑暗。

「那麼，這是……不對……現在是……」

摻雜絕望與憎惡的聲音迴盪。

「現在的這些是……『重現』嗎……！」

「————！」

我發現老師屏住了呼吸。

那種緊張立刻傳至周遭。大家並非察覺了面具少女話中的意思，而是受到從她全身噴湧而出的憤怒所影響。她表達出的情緒太過激烈，連展開激戰的貝爾薩克和伊露米亞也不得不回頭查看。

「啊……這樣嗎？是這麼回事嗎？太滑稽了。太難看了。我和妳這麼一來甚至連小丑都不是，不就只是可悲的寫生嗎？不管戲劇照著同樣的情節上演幾次，對這樣的現實而言有什麼意義可言？」

最初只用意念傳達，甚至不開口的骸王，彷彿忘了這件事般，流利地說個不停。

「妳……」

「那麼……這種鬧劇就沒有意義。」

她這麼斷定，同時舉起手。

她高舉那把「槍」。

驚人的魔力以槍尖為中心，開始盤旋。

比起方才漆黑之「槍」顯現時更增數倍的漆黑奔流。

「……聖槍，拔錨。」

僅僅兩個詞彙，卻帶來強烈的恐懼。

（——不行——！）

龐大無比的魔力令我身心凍結。

那一擊無從承受。

不只是我而已，現場的任何人都不可能與其對抗。貝爾薩克與伊露米亞都具備出色的戰鬥能力，費南德祭司與凱爵士說不定握有我難以想像的殺手鐧。可是，那柄「槍」所在的位置遠遠超越了那種小技倆。

那是寶具。

英靈之所以是英靈的理由。銘記在人類史上的超越幻想。即使在寶具之中，也在值得大書特書的位置上閃耀光輝，終焉的——

啊啊，我知道那件事。

明明比任何人都更了解，明明應該只有我能夠與那終焉抗衡。

（——亞德——）

我握緊大鐮刀。

沉睡在內側的匣子果然沒有反應，僅僅傳來了一絲魔力。

「適得其反嗎……！」

我聽見老師的低喃。

他說過這是危險之博，結果正是如此。

我在幻覺中看見輪盤上轉動的小鋼球落進押注數字外的位置。我們投注的籌碼正如字面所示——即是性命。生著骷髏頭的莊家收下所有籌碼，放聲大笑。他的真面目是死神還是惡魔？

「看招，十三之牙！」

漆黑的魔力漩渦化為地底的風暴。

儘管規模極小，其內部暗藏的威力與真正的暴風毫無差異。魔力削割地洞頂部，緩緩反轉魔力，收斂至「槍」的內側。

不管使出何種手段都來不及了。

真名解放的靈句自面具底下輕聲傳來。

「閃耀於終焉（Rhongo）——」

寶具本來的魔力即將解放的那一瞬間。

啪嚓，我聽見微弱的聲響。

不是來自我們。不是來自先前在我們背後交手的貝爾薩克與伊露米亞修女，甚至不是數量龐大的骸骨兵。

而是地底土牆的某一處。

那與隨時會解放的寶具異樣不相稱的聲響，在短短一瞬間吸引了我與面具少女的注意力。

費南德祭司就在那裡。

他呆然仰望土牆，牆面的一個點上出現了一道裂縫。

裂縫立刻變得更深更廣，隨著奇怪的低吼，帶來出乎意料的現象。

宛若怒濤的水流從那裡湧入。

「是暴洪——！」

「哈哈哈，因為沼澤就在旁邊嘛！顯現『槍』之際的魔力已讓土石鬆動，剛才的波動成了最後一根稻草嗎！」

隨著快活的大笑，異響接連不斷。

並非只有一處。

也許破壞是在土牆內部連鎖發生，暴洪從多處位置一口氣湧進地下空洞。骸骨兵與祭司立刻被水流沖走，面對猛烈的洪流，騎士從旁邊伸手揪起了我。

「凱爵士？」

「抓住我！姑且不論劍術，我在這方面頗有自信！啊，說到逃跑的本事，我有自信是圓桌第一！特別是在水邊開溜！喂，那邊那個臉色慘白的魔術師也快過來！」

趁著寶具解放停滯的片刻空檔，騎士用力抓著我跳進水中。我被猛烈的洪水吞沒，激流沖得我分不清上下，但我沒有放開騎士的手。

他的身體異樣地大幅扭動。

那異樣的扭腰動作實在不像人類的肉體所能做到的。

——「咿嘻嘻嘻！所以妳才需要人照顧啊，慢吞吞的格蕾。」

在冰冷的水流讓我的意識中斷前，我好像聽見了這樣的幻聽。

6

據說從聲音也可以聽出人的性格。

溫暖、柔和或是冷淡、嚴厲。許多因素密切結合，構成人性，而聲調也一樣。

既然如此——

「……這實在……」

剛剛發出的呢喃說不定是個例外。

雖然字面上帶著驚訝之意，從聲音裡卻感覺不到任何感情。宛如釀造過久的葡萄酒般，那種無感情就像混了太過複雜的色彩，反倒變回了單一的黑色。

發話者是翠皮亞。

他緩緩地轉頭。

「你們剛才改動了重現的參數？」

他發話的對象當然是兩名少年。

費拉特與史賓。

艾梅洛的雙璧。金髮碧眼的搭檔。

他們依然在這片不可思議的空間裡與翠皮亞一同觀察過去的重現。在幾顆飄浮的水晶球內，格蕾一行人剛剛被突然湧現的暴洪吞沒了。

「——哈哈，露餡了？」

其中一名少年——費拉特擺出無邪的笑容。

「因為那座村莊緊鄰沼澤啊，那樣的話也會有水源。岩床碰巧在這種時機無法承受戰鬥的衝擊，導致暴洪噴湧而出……出現這樣的巧合應該也不稀奇。而且地形在結構方面也有不自然之處……呃，總之外面的人可以像這樣干涉這個類似過去的地方對吧？」

「……的確沒錯。」

翠皮亞也承認。

「不過，那必須查出理法反應（Logos React）所認知的坐標與時間。就算你是能力足以干涉（Hacking）阿特拉斯院技術的異能者，也不可能輕易地搜尋、演算出那種參數。因為這裡沒有那種用途需要的術具，目前我僅用自身大腦在進行演算。」

翠皮亞倏然轉開目光。

他的周遭飄浮著幾顆水晶球。

「此處的水晶球全都連結到那個舞台，但連結方式每一瞬間都在變異，因果及時間與參數相關，並持續無限擴散。要進行你所說的干涉，必須掌握作為契機的時間及因果並正確地存取，然而，那相當於在廣闊的沙漠中尋找一顆寶石。」

想像成無數的鑰匙孔就行了。

這是有許多鑰匙孔在空間中反覆浮現又消失的狀態。以費拉特的能力，可以偽造出欺騙鑰匙孔的鑰匙，但正確的鑰匙孔只有一個。翠皮亞問的是——光靠費拉特的異能，無法說明他查出鑰匙孔的手法。

「明明是這樣，你是怎麼辦到的？」

「靠氣味啊。」

一旁的史賓以挑釁的語氣回答。

反正對方都發覺了，再隱瞞也沒有用。

從方才開始，兩人一直在編組術式，只要翠皮亞有意，應該能輕易看穿他們的祕密，那還不如堂堂正正地承認，盡量從對方身上多問出一些情報比較好。

「雖然你說必須進行計算，但我的鼻子連因果的裂縫都聞得出來。那原本可能不是經由嗅覺去感知的，但我的家族一直在發展這種魔術，我便是這種魔術的結晶。」

說句老實話。

史賓從前不喜歡那樣的自己。

他回想起了與費拉特初次見面的時候。當時的感覺並不愉快，因為只消一眼，他們便領悟到彼此同為瑕疵品。

——「老師、老師！這傢伙的味道亂七八糟的！我可以毀掉他嗎！」

史賓一開口就迸出這句臺詞。

當時才剛適應教室環境的他認為——這個人大概會危及老師艾梅洛II世。既然如此，最好趕快毀掉他。在剛進鐘塔時會浮現這種念頭也無可厚非，倒不如說，這想法十分合理，又符合魔術師風格。從這點來看，他豈非退化得很嚴重？

啊啊，其實現在他也不認為當時的判斷有誤。費拉特·厄斯克德司就連在艾梅洛教室也是傑出的麻煩製造者，其卓越的才能和與眾不同的人格都絕非他人所能控制。

實際上，他至今不知在多少事件中引發過問題。

老師不用多說，其他學生與史賓也不知道費了多少力氣來支援費拉特……當然，史賓自己偶爾也會給老師添麻煩就是了。

——不過。

所以，史賓心想。

「……總之，意思是你們聯手合作？」

翠皮亞緩緩地確認。

「沒錯，由我尋找關鍵要點。」

「干涉則由我來動手！哈哈，史賓很厲害對吧！是史賓告訴我，凱爵士有能連續潛水多天的傳聞的喔！」

費拉特充滿活力地舉起手，拍拍同學(史賓)的肩膀。

那番話簡直像是在健康無比的運動競技中相互讚美對方的頑強表現，實在不像是面對——或者說正在跨越生死關頭的人會講的話。魔術師身處於非日常當中，或許正因為如此，他們對自己的性命十分敏感。

如同史賓從前所判斷的，費拉特極為扭曲。

乍看之下，他看來極度隨和自在。

或許反倒能將身為本就背離正道的魔術師的他，評價為和平主義者或穩健主義者。可是，少年顯然並非那種平靜的描述能盡數的。單論歷史而言，費拉特所屬的厄斯克德司家據說已存續了一千八百年。那段超越半吊子君主家族的悠久歷史，不可能生出無憂無慮的孩子。

如此深入、致命性的缺陷，不是長期在艾梅洛教室學習，與許多人接觸就能拭去的。

——不過。

所以，兩人心想。

望著那樣的少年們——

「……你們真是不可思議。」

翠皮亞喃喃地說。

「坦白說，你們離色位都還很遠。別說鐘塔的君主了，你們想發現我的弱點也很困難吧。」

這番評價絕非在輕視兩人。

阿特拉斯院院長的發言，不過是精密地測量了兩人的能力後顯示的結果。他們是艾梅洛教室的天才，但魔術協會本就是那些代代用非人道方式挑選優秀品種交配，獲選的天才們的聚集之地。僅僅擁有令人難以置信的才能，接受過效率化的教育，是比不上真正身居高位的君主及三大貴族的頂尖人物的。

「然而，當你們兩人聯手，就變得截然不同。不是加法或乘法程度的差別，而是存在方式本身似是變異了。」

翠皮亞的手指緩緩地交疊。

雙手如蝴蝶翅膀般在他緊閉的眼眸前折攏，像在重新估量少年們般靜止不動。

費拉特用手肘戳戳身旁的同學，從鼻子裡哼了一聲。

「因為，就算……」

「就算對上冠位（Grand）人偶師，我們也無意再輸一次。」

史賓斷然宣言。

那句話極為傲慢，卻有確切的自信作為支持。

實際上，正因為曾在雙貌塔與冠位魔術師交手，正因為輸得一敗塗地，如今他們才會比當時更加進步。就算是誇下海口，如果連這種程度的宣言都不敢斷然說出來，還值得作為超越常人的魔術師學習嗎？

──於是。

正因為如此，翠皮亞思考。

「口氣還真大。」

死徒的嘴角浮現一抹情緒。

「原來如此，我誤會了。我認為過去是舞台，他們是演員，而我自居為僅僅來見證戲劇表現的劇本家，啊，但是當然了，劇團的劇本家未必只有一人乃是常態。彼此切磋琢磨，才能讓故事提升到獨自一人無法抵達的領域。說來慚愧，我完全忘了這樣的常識。」

某種色彩在翠皮亞臉上緩緩地擴散開來。

翠皮亞緩緩地體會著在相隔數年、數十年，抑或數百年之後重返自身的色彩，將視線移回少年們身上。

他挺直背脊。

宛如一位面對著才剛下了幾步棋的棋盤，便得知對手並非外行人的西洋棋大師（Grand Master）。

「那就來試試這個故事會由誰來指揮吧，我的敵人們。」

被他宣布為敵人的少年們一起吞了口口水。

第三章

1

——我的夢中經常縈繞著香味。

煮熟後磨成泥的馬鈴薯熱騰騰的氣味，讓我知曉那是何時。比十年前更久遠。

馬鈴薯泥在我家的餐桌上十分常見，已經吃膩的我經常抱怨。當時經常是父親做飯，他又遠比母親更寵我，因此很費心思下廚。父親意外地常做些講究的菜餚，還曾特意拜託商隊小販準備耐放的中國菜及日本料理的食材，手拿二手食譜，與我一起烹調。

我還曾因為料理太辣，和父親一起被辣得在家中竄來竄去，被母親狠狠地取笑了一頓。

我是在那之後才變成亞瑟王的肉體，受到村民們崇拜，連進食與睡眠都逐一遭到管理。

（……啊，這樣啊。）

所以，我一直認為是我不好。

認為身體變得受到雙親及村民崇拜正是種罪惡。

所以，在貝爾薩克選擇我當守墓人，讓我開始在墓地巡邏後，我便盡可能地投入那份工作。

亡者明明那麼可怕，卻仍舊比受到生者崇拜來得好。我打從心底恐懼定期出現的幽靈，同時在心中一角感到安心。僅僅是死亡，遠比現狀好多了。哪怕我也成為亡者，成為他們的一分子，那也一定遠比如今在這個村莊中生活要好得多。

我這麼認為……結果卻連赴死也辦不到。

我充滿矛盾。

即使前往倫敦，成為老師的寄宿弟子，奔波於從前不敢相信的交友關係，有了接受款待的機會，品嚐可口得教人驚訝的紅茶和甜點，曾經的想法也依然纏繞在內心深處。

（……所以——）

所以，見到骸王比任何事都更加重大。

我想知道她對於自己的存在有何看法，結果卻得到那樣毫無迷惘的答案，令我受到難以言喻的衝擊。

既然如此，我該怎麼做才好？

應該老實地將這具肉體讓給她嗎？不，我不認為。換成從前的我，說不定會輕易地選擇那個選項，但現在這麼做……一定會有人為我傷心。

既然如此。

既然如此……

2

地上的教會裡響起輕輕的呻吟。

在粉碎的彩繪玻璃下——

「……出了什麼事？」

老婦人的聲音顫抖著，充滿困惑。

村民們或許也是第一次聽見老婦人出口那樣的語氣，輕微的驚慌向周遭蔓延開來。

「出了什麼事，精神之王啊？」

老婦人展開雙手，在祭壇上訴說。

不過，或許是沒得到回應，她頹然放下手臂。我的神，我的神！為什麼離棄我？（Eli Eli lema sabachthani）她看來就像遠在兩千年前曾那樣吶喊的殉教者。

「姥姥，怎麼了？」

一名村民發問。

他們有不少人都還蹲在地上站不起來。

因為他們向地底的骸王奉獻了精氣。雖說並未解放，使寶具顯現的代價依然相當沉重。大約有四分之一的村民虛弱得動彈不得。

「……我與精神之王失去了連繫。」

「與國王……」

「她和格蕾接觸後，情緒好像變得激動，打算發動寶具……」

老婦人絕非正式的魔術師。她能夠以口耳相傳的魔術與骸王互通感應，但並非鉅細靡遺地看見了現場情景，所以她沒有聽見他們的對話全貌。

「不，精神之王無妨。儘管失去連繫，區區暴洪無法傷及她。再加上，那裡發生暴洪，多半解決了另一個顧慮。」

老婦人說出奇妙的臺詞後，握緊宛如枯枝的手指。

「……只是，格蕾逃走了。唯有這件事，無論如何都不能放過。」

「只要抓住她就行了吧？」

老婦人得到一派理所當然的回應。

「國王還只有三分之一，會猶疑不定也是當然的。我們必須替她補上不足之處。」

「是妳啊，瑪格達萊娜。」

發話者是格蕾的母親。

那位母親以手指撫摸長髮，神色可疑的眼眸帶著難以言表的光芒。她面露淺笑。

「請包在我身上，我與亞瑟王的肉體共度的時間最久。」

女子呢喃。

「沒錯，我比任何人都了解……無論怎樣被逼到絕境，那女孩在最後關頭一定不會選擇逃走。」

姥姥瞇起的眼眸淹沒在皺紋裡，彷彿在估量格蕾母親的發言。

「我知道了，就由妳負責指揮。」

「謝謝您。」

格蕾的母親低頭道謝。

「搜山。」

老婦人下令。

「我允許你們接近沼澤。從那波暴洪來看，現在結界應該也解除了。」

「遵命。」

「既然已經跟聖堂教會完全敵對，不能浪費太多時間。」

老婦人從懷中掏出某樣物品。

一柄劍身彎曲的短劍。

短劍似乎相當古老，上面的金屬圖案已然磨損。不過也許由於經過保養或其他原因，閃爍金黃色澤的光芒表明短劍至今仍未失去鋒利。

「這個是……也對。」

「侵刃黃金（Erosion）。」

老婦人呼喚短劍之名。

「唯獨這把短劍，無論聖堂教會或布拉克摩爾的守墓人貝爾薩克都不知道它的存在。憑藉那位黑面聖母賜給我們，要暗中傳承至亞瑟王歸來之刻的禮裝……」

老婦人神情恍惚地注視著短劍。

如同在說她是為了這一刻而生，為了這一刻活過漫長歲月。

依她所言，這座村莊從久遠以前就劃分成兩個陣營，一直保有黑暗的祕密。

一方是布拉克摩爾家族。

從西元前連綿相傳至貝爾薩克，運輸靈魂，看守墓地的魔術師們。

一方是祈願亞瑟王復活者。

像繼承短劍的老婦人一般，信仰亞瑟王與黑面聖母的一群人。

大部分的村民以前多半不屬於任何一方。雖然現在村民們被亞瑟王的復活所吸引，但在村民之中，會有人定期獲選為守墓人，同時應該也有黑面聖母的狂熱信徒存在。既然守墓人的使命與亞瑟王的復活未必矛盾，他們應該是顧及彼此的祕密與內情，保持一定的距離共存到現在吧。

然後，聖堂教會自某個時間點加入，別有用心地宣稱黑面聖母與自己宗教中的聖母相同，在此地紮根。

他們表面上平靜共處，背地裡卻持續互相監視。

考慮到村莊的規模只有一百人左右，這段歷史實在太過狹窄而漫長，甚至讓人感受到了某種徒勞無功。

老婦人注視著短劍說道。

「這把為了斷絕槲寄生而製成的短劍，據說會刺進肉體、精神與靈魂之間的縫隙，而非單純的身軀。據說在奉獻活祭品時，我等的聖母曾親手揮動這把短劍，解剖其內臟。依傳說所述，外形還會變化為鐮刀或長劍。」

老婦人顫動咽喉。

「抓住格蕾後，用這把劍刺向她即可。這麼一來，她卑賤的精神與靈魂就會暫時自肉體剝落。然後，國王的精神將順理成章地寄宿在肉體上。至於剩下的靈魂，只能等待那什麼聖杯戰爭開始，我們無論如何都要生存到那時候。啊啊，不管有多少英靈，只要在這裡湊齊肉體和精神，國王的靈魂必將受到召喚！我等的王者不可能缺少這點程度的幸運！」

老婦人笑了良久、良久。

格蕾之母也面帶陶醉的微笑注視短劍，村民們僅僅敬畏萬分地跪拜於地。

唯有黑面聖母像以不變的表情俯望他們。

＊

咳咳！我吐出水來。

感覺極為寒冷，但撫過臉頰的風讓我得知，不過是我的體溫偏低罷了。

這是一片鬱鬱蒼蒼的森林。

自枝葉的縫隙之間可以看見昏暗的天空。

太陽尚未升起，但天色泛著一絲淡淡的晨光。我們似乎潛入地底相當久了。我又花了大約幾分鐘，才接受了已經離開地洞的感慨。

（我……）

我好像作了一場夢。

雖然不記得內容，但我總覺得那是個古老的夢。

正當我這麼想著——

「嘿，妳醒啦？」

有人說道。

一張模糊得不自然的臉孔俯望著我。他好像說過靈基（身體）並未完成來著？我聯想到這件事，眨了眨眼。

「……凱爵士。」

「啊，知道我的名字就好。因為妳喝了不少水。依照經驗，如果呼吸暫停太久，認知就會出毛病。啊～按照這個時代的知識，是叫做腦損傷什麼的？」

事到如今，他也不在乎鎧甲會弄髒，一屁股坐在地上低聲發笑。

配合黎明天色，他的身影顯得極其神祕。不，什麼顯得神祕，自遙遠時代重現的騎士正如字面意思般，即是神祕本身，但我是第一次切實感受到了這一點。

隨著一陣嗆咳，我的意識恢復清醒，慌忙坐了起來。

「……老師人呢？老師在哪裡！」

「在那邊。」

他以下巴示意，我發現老師躺在那裡。

溼透的髮絲在地面散開。老師本來就不好的臉色變得蒼白無比，西裝衣襬滴著水珠。

「老師！」

「他比妳更缺乏體力。唉，但因為徹底昏迷過去了，好像也沒喝到多少水。」

我保持四肢著地的姿勢，焦急地朝那張側臉伸出手。

指尖觸及自唇瓣間漏出的吐息，讓我心底猛然鬆懈，險些當場趴倒……我自己都覺得很奇怪。在剛到倫敦不久時，我明明只認為這個人非常討厭，為什麼呢？

即使腦袋一片茫然，我依然立刻找到了答案。

因為看到自身的改變，啊啊，我有點開心。

因為我得以認為，即使這張臉孔屬於他人，這不停前進、不斷變化的精神（心）無庸置疑地屬於我。即使世上沒有永遠，持續在變化的事實是不變的。總有一天，我也能在四下無人之處挺起胸膛，帶著一絲自豪認定——那段伴隨變化一同積累的時間正是我。

這個人教我認識了這樣的我。

當我輕聲嘆了口氣……

「安心了吧——拿著。」

騎士遞出大鐮刀。看來他也收走了鐮刀。

「……謝、謝謝。」

「這個姑且算是現在的我的主體，希望妳會愛惜。」

「是凱爵士你救了我們嗎？」

「哪怕是我，扛著兩個人遊泳也很吃力，好好感謝我吧。我設法游出來以後，發現地道通往後方的洞窟，但也許是被暴洪衝擊，洞窟在我們離開後馬上崩塌了。」

靈基朦朧的騎士不耐煩地搧了搧溼淋淋的頭髮。

他剛才穿著鎧甲游泳嗎？雖然身為靈體，鎧甲未必具備原本的重量，但不管如何，扛著兩個人游過激烈的暴洪，首先在物理上應該不可能實現。更何況他還收走了大鐮刀，我無法想像凱爵士是怎麼撐過來的。我不認為問題在於英靈是怎樣超常的存在，卻不可思議地能夠接受這個事實。

在即將失去意識時，撈起我身軀的手臂。

他的手臂與身體分開水波的動作幾乎不像這個世界會有的，我甚至感覺自己抱著海豚或什麼生物。

「從以前開始，我就只擅長游泳。說歸這麼說，這種技倆與什麼騎士榮譽沒半毛錢關係。拜此所賜，同袍們總是說我很變態之類的，盡給些不正經的評價。」

的確，泳技看來與騎士榮譽無關。

然而，我覺得這門特技很適合這個精神模型（人）。比起劍術、魔術實力都更加適合他，不知為何，這讓我感到很放心。

「只是，那個大叔獨自游進了另一條地道。」

「貝爾薩克……先生……」

我喊出不在場之人的名字。

然後，我問了另一個問題。

「……請問，骸王呢……？」

「這個嘛。無論如何，她不是那種水流能解決掉的。」

說得沒錯。哪怕是我，只要「強化」正常生效，只是要逃脫倒還辦得到。

想到此處，我終於有餘力檢查周遭環境與狀況。

雖然周邊全是樹木，又泛著一絲霧氣，但畢竟是曾經久居之地，我在一定程度上認得出所在位置。

「這裡大概是從村莊再往山上走一段路的地方，多半在沼澤的另一頭。」

「哦，那片地下空間真是通往了不少地方啊。」

「大概……是這樣吧。因為那個地下空洞的規模很大。」

回頭想想，她差點就揮下那把黑色先鋒之槍，沒造成地基塌陷說不定就算幸運了。毛骨悚然的想像讓我忍不住發抖，那是因為恐懼還是體溫的關係呢？

在我陷入沉思之際，意外的觸感落在溼透的兜帽上。

我吃驚地想抬頭，那隻手卻有些用力地在我頭上開始揉來揉去。

「啊，請住手，頭髮會亂掉的！」

「哈哈！」

騎士收回了手，覺得好笑似的笑著。

「妳跟那傢伙果然不像……啊，加雷斯與妳應該合得來吧？唉，雖然她也是有血緣關係之人。」

那個名字不知怎地給了我不可思議的印象。

「我記得，那一位也在圓桌……」

「妳沒必要知道。」

騎士裝傻地說著，移開目光。

輕微的呻吟聲在這時響起。

躺在地上的老師虛弱地看了過來，讓我感到體溫猛然上升，我想真的上升了一兩度。彷彿要吐出自喉頭湧上的感情，我不禁呼喚。

「老師！」

「……是格蕾……嗎？」

「是我！是我！」

眼見老師的雙眸仰望著我，我泫然欲泣。

我變得多麼愛流淚啊。我緊握住老師的手，在他身旁垂下頭。幸好有兜帽遮擋，在這種地方對著老師哭泣會讓他為難。我明白這一點，卻怎麼也無法壓下喉嚨深處發燙的反應。

「老師……！」

「……事到如今，妳是怎麼了，別露出奇怪的表情。」

看著我緊握不放的指尖，老師微露苦笑。

他撥起溼髮坐起身，總之先脫下溼透的西裝，憂心忡忡地從懷中取出雪茄盒。

老師謹慎地擦去上面的水滴後打開來看，看樣子雪茄盒是密封的，盒裡依然乾燥，說不定施加過某種魔術。

他取出一根雪茄，握住小刀。

也許是體溫降低之故，老師的手指凍僵了，所以我輕輕地接下小刀，切掉雪茄頭。火柴難免受了潮，老師打了響指，製造出一簇火光，緩緩地炙烤雪茄後叼在嘴邊。

濃煙撫觸老師的嘴唇。

「…………」

總覺得很久沒聞過那股氣味了。

剛抵達倫敦時，我不怎麼喜歡菸味，現在也是。如果別人抽起一樣的雪茄，我即使不反感，也只會覺得無所謂。唯獨在老師抽雪茄的時候，我會有種身上蓋著喜歡的毛毯的感覺。

「原來如此，我們被沖到……不，游到了沼澤附近嗎？」

「這一點可要感謝我。」

騎士有些得意地說。

然後——

「那麼，你打算怎麼做？」

他拋出話頭。

「打算怎麼做是指什麼？」

「當然是之後的行動。這次勉強保住性命，實在僥倖。這是在種種巧合之下才偶然撿回一條命，如果重新來過，嘗試一百次應就會死一百次吧。」

騎士坦然地用上「死」這個字眼。

以對那種事情習以為常為前提的一番發言散發著古代戰場的氣息。這是曾在不列顛歷經多次戰爭的真正猛將才說得出的臺詞。

「不管怎麼說，還活著就有希望，就此離開也是個方法吧。」

「……那是說如果能離開的話吧？」

老師補上一句話。

「我還是不認為這裡就是過去。那麼，你們認為這座村莊會存在簡單易懂的『外界』嗎？」

「這個村莊之外未必有外界？這個推測簡直像繪本。」

「最重要的是，唯有這一次，下決定的人不是我。」

老師說著，緩緩吐出煙霧，並將目光投向我。

「咦？」

「格蕾，妳有什麼想法？」

他問我。

「先前我也問過一樣的問題，首先，這件事是妳的案件吧。」

「…………」

我的……案件。

他是第一次對我這麼說。雖然曾與老師一起涉入幾樁案件，我的定位一直是老師的寄宿弟子，除此之外別無其他立場。

不過，沒錯。

這次不一樣。事情發生在故鄉的村子中，是最初那起案件的後續。

那是我離開村莊的契機，是我要重新面對的真相。

村民們過去隱瞞的事。

地底的神殿。另一尊黑面聖母。亞瑟王的復活。

最重要的是，亞瑟王的精神——骸王。

或者，是另一個自己。

「我的話語沒有打動她。」

我靜靜地承認。

分量不夠。無論我所說的話或我的經驗都未能觸及她的內心。

為了得知真相、為了確定自身的存在方式，我認為與她對話是不可或缺，但我的言語流於表面，未能直指骸王的本質。

到頭來，我並不成熟。

我無可奈何地深深體會著自身的不足。因為這個緣故，我究竟給身邊的人造成了多少危險？

「不過，老師若是同意，我想試著再度面對她。」

「……那麼，我作為老師，只能協助妳了。拒絕寄宿弟子的請求，會讓艾梅洛之名蒙羞。」

「……是！」

我用最大的力氣頷首。

就算明白讓艾梅洛之名蒙羞純粹是個藉口……倒不如說，正因為明白這一點，我充分地感受到老師正在鼓勵我。

「而且，沒有打動她的人並非只有妳。如果我沒叫妳說那些多餘的話，骸王也不會企圖發動寶具吧。」

「那是……」

我回想起骸王因為老師那番話而變得激動的情緒。

直到那個瞬間為止，我反倒覺得她在對我們手下留情。雖然她想抓住我，但應該無意做出更進一步的舉動。

那麼，她是無法接受老師話中的哪個部分呢？

「……雖然不知原因為何，但骸王知道重現的意思。」

我悄然開口。

「若是如此，她不會再做出與第一輪相同的行動，不是嗎？」

我們當前的目的，本來是揭開過去案件的真相。

因為翠皮亞說過。

──「追尋你應當解開的虛構謎團吧。」

我們認為那會成為脫離這個第二輪的方法，至少會是種線索。可是，這次的事情應該導致情況大幅偏差了吧？

不過──

「她的反應多半是關鍵。」

老師低語。

「關鍵？」

「我也不確定，但我確實一直覺得不對勁。那個問題是我設法將不對勁的感覺用言語描述的結果，卻沒想到她會出現那種反應。我對自己拙劣的表現感到羞愧……雖然感覺只差一點就能打動她了。」

老師再度垂下頭，開始思考。

我很清楚，他一進入這種狀態，就會持續很久。老師開始寫論文時，還曾忘了進食，專注地投入書寫一整天，最後虛弱不堪地拖著腳步走出房門。

然而，這次在他徹底陷入思緒前──

「——打擾一下。」

一個聲音傳來。

「怎麼了？」

「不，我從剛剛開始就很在意，那一帶是不是有些古怪？」

騎士指了指。

那是森林中的某個點。那裡好像是野獸出沒的小路，細碎的土壤裸露在外。對於那塊看來隨處可見的地面，我也抱著某種淡淡的異樣感。

「……這是……」

我也伸出手。

在那裡，溼潤的地面微微凹陷。

老師也發現了同一件事，皺起眉頭。

「難道這並非野獸的腳印，而是人類的腳印？」

「……多半沒錯。」

我壓低身軀，斜斜地望向地面。

這是貝爾薩克從前傳授的狩獵技巧。以正常站姿的視線角度，難以辨別印在地上的腳印，要彎下腰逐一確認腳印的方向與狀況。

從大小來看，腳印應屬男性。與村民不同，那人穿著精良的皮鞋。他似乎不怎麼習慣走山路，步伐寬度不太固定。

「這裡在沼澤附近吧。依照規矩，村民們應該不會接近此處。」

我微微點頭，同意老師的話。

這裡本是不會出現人類足跡的地方，既然這種地方留下了不同於村民們的足跡，那究竟隱藏了什麼意義？

「……找找看吧。」

我自然地說出口，同時有種不可思議的預感。

假使有命運之線存在，自天空垂下的絲線彷彿在此刻綁在了我們身上。

我們絕非傀儡，我不可思議地這麼篤定，但那條線在剛才決定了我們的目的地。

*

聲音在某處響起。

「——若一度利用過巧合，下一個巧合當然也會連鎖相關。由於使得運氣偏離原位，在機率收斂前將發生某些反作用力。啊，這並非福禍相依之類的陳腔濫調，而是向擺錘施力後，在擺動自然平息之前容易發生極端的情形。」

平靜的聲音就像在授課般逐一分析狀況。

他們俯瞰那個狀況。逐一觀察艾梅洛Ⅱ世與格蕾踏入森林，追蹤意外發現的腳印的情景。

「呃……那是指因果嗎？那在東方是很重要的概念對吧？比方說早上救了白鶴，晚上白鶴就會來報恩，贈送網遊道具這樣！」

年紀輕輕的少年開口。

不知理解到了什麼程度，少年的表情極度缺乏危機感。對於他的這一面，坐在他身旁的同學面露苦澀，目前似乎是認命地奉陪著。

「費拉特，這可不是老師在上課。」

「不，狗狗(Le Chien)，有可以問的問題就會想問一問吧！在麵包上塗奶油還是果醬很要緊吧！很重要吧！」

「這再怎麼說也不對吧！」

少年的同學像野獸嘶咬般怒吼，但臉上也帶著一絲困惑。

「不，從地底前往沼澤附近就不會有問題了嗎？或者說，這代表那裡位於結界之外……？」

他們曾碰到那道結界，並展開探索，結果誤入了這片空間。

相對的——

「看啊。」

最初的發言者沉穩地指出。

「看看你們的干涉對漩渦造成了怎麼樣的變化。看看在變化的最後，他們會發現什麼。」

3

追蹤腳印前進，大約經過了短短十分鐘後。

我們發現一棟掩蓋在樹蔭下的小屋。

「哈，真虧這種地方還有房子。」

騎士傻眼地表達感想。

那間簡陋的小屋，狀況只比貝爾薩克的住處略好一點。也許是因為原本位於森林中央，小屋外側的木材多半腐朽，至今沒有崩塌一事令人感到不可思議。

老師悄悄碰觸外牆，挪動指尖開口。

「看來是用魔術或什麼加固過陳舊的建材。」

「用魔術？」

「……我們發現這裡說不定是種必然。」

他喃喃說道，向我點點頭。

我們謹慎地打開木門，踏入屋內。

老師輕輕踩著腐朽的木地板，緩緩環顧四周。他留神四周，以免像先前的骸骨兵那樣的敵人突然來襲。我也一樣提高警戒，守在老師身旁不動。

最初的房間裡只擺著平凡無奇的桌椅。

又接著往小屋深處走了幾步後，我們不禁瞠目結舌。

「喂喂，這是什麼？」

背後的騎士喊道。

整片牆面上貼著許多筆記與照片。

那些筆記與照片分別用不同色的細繩綁在一塊兒，宛如魔術的花紋。

老師連連眨眼，說出那個名稱。

「這是親和圖吧。」

「親和圖？」

「沒錯，在警匪劇中經常用到。把模糊的點子與想法、複雜的案件等全貌做成筆記和照片，連結彼此的關連性加以視覺化，藉此整理思路的工具。」

聽他一說，我覺得自己似乎也看過。照片邊緣與細繩上沒有灰塵，看來這幅圖表製作完成後，至今並沒有經過太久時間。

老師說這是整理思路的工具，我看過之後的確有種在偷窺他人腦海的感覺。

舉例來說，牆上有好幾張照片是從各個角度拍下的村莊。其中有黑面聖母也有墓地的遠景，每張照片上分別貼著應該是記載了某些考察的筆記。連結各張照片的細繩，是代表在考察上互有關連吧。

老師的視線停在那些筆記的其中一處。

「怎麼了？」

「……沒什麼。」

老師的目光落在筆記邊緣描繪的圖案上。

「看來製作這幅親和圖的人，很注重人類的三因素。」

「你是說……肉體、精神與靈魂的……」

我與面具少女的真實身分。根基。

為什麼製造我們的原因。

「內容幾乎沿襲我到目前為止構思的假說……不，若論精密程度是遠勝於我。對方看出格蕾是亞瑟王的肉體，地下有亞瑟王的精神存在的可能性，進一步做了考察。」

老師沿著細繩滑動手指。

就像老師的大腦正在追蹤著製作親和圖的人物一樣。

不知為何，我心中有股異樣的不安。不光是因為什麼親和圖與我有關，老師與製圖者漸漸共享思路這件事，也令我感到難以言喻的恐懼。

沒錯，恐懼。

我害怕這幅占據整面牆的圖表。

強烈的恐懼侵襲我，如果情況容許，我怕得想放聲大叫，縮成一團。那個人從各種角度拍攝我故鄉的村莊，對準連一直在此地生活的我都沒察覺之處劃下手術刀，接連切割開來。

明明靠自己的知識解讀不出什麼內容，我卻對那個人的手法抱著奇怪的印象。那簡直——與其說是解剖，更像在解體。

「那麼了不起的考察紀錄，可真是毫不設防地擺了出來啊。」

聽到騎士語帶詼諧地這麼說，老師搖頭否定。

「對方應該無意隱藏吧。依照那座村莊的規矩，不會有人來到沼澤另一頭，他可能也視需要張設過結界。我們是被暴洪沖到這裡，突然從地底冒出來的異類。」

「原來如此，說得通。」

騎士頷首，老師在他旁邊繼續往下說。

「另一個可能性……或許是沒有餘力隱藏。」

「沒有餘力？」

「那邊的廚房裡……」

他並未回頭，直接抬起手指。

「剩了一些磨好的咖啡豆，應該是他打算在回來後使用的。他不等到喝咖啡前才磨豆子，代表他是理性主義者，不在意咖啡的風味變得遜色，認為一次磨好咖啡豆更輕鬆。也就是說，我認為他打算立刻返回，卻無法如願。」

「你的口吻比起魔術師，更像偵探啊。」

「因為單靠魔術師的技術，我應付不來。」

老師自嘲地回答，目光再度轉向親和圖。

他翻閱疊在一起的幾張文件，足足僵住了幾分鐘。

「怎麼了？」

「…………」

老師並未立刻回應。

「……是這樣嗎？啊，是這樣嗎？可惡（Fuck）！」

隨著偶爾會脫口而出的穢語，老師揮拳砸在牆上。雖然力度沒有強勁到會打傷拳頭，那個行動仍令我張大雙眼。

「老、老師？」

「當時的我與萊涅絲並未發覺，這裡還有另一個現在的我們所知的人物。很遺憾的是，他似乎在我們被捲入重現前離開了。」

「我們所知的另一個人物？」

他再度謹慎地重新翻閱起文件，腦海中多半正在演算多項術式。他一次又一次掃視文件，彷彿要將紙面吃得乾乾淨淨，不久後說出了結論。

「是哈特雷斯。」

「咦？」

我忍不住反問。

老師再次明確地告訴我那個名字。

「製作這幅親和圖的人，是現代魔術科的前任學部長哈特雷斯博士。」

對了。

老師重返這座村莊，原本是為了尋找哈特雷斯的線索。由於接連碰到太過荒誕的狀況，我完全忘了這一點。空無一人的村落讓我們驚愕不已，又被拋到名為第二輪的過去，沒想到竟會回到最初的目的上。

那麼，這是……

「……啊，原來如此。翠皮亞說他與哈特雷斯做了交易，然而村民們不曾談到類似哈特雷斯的人物。如果哈特雷斯根本沒接近過村莊，答案就很簡單了。更何況，他似乎長期觀察過這座村莊。」

「請、請等一下，哈特雷斯用那麼長的時間調查我的村莊，是出於什麼原因？剛才老師你提到肉體、精神和靈魂，這幅親和圖上究竟寫了什麼？」

「……看來好像是論文與魔術的術式。」

老師的目光重新轉向親和圖。

那個行為讓我感到一股沒來由的恐懼。從老師方才找到親和圖時開始，不安就襲上心頭，如今得知製作者是哈特雷斯後，更加劇了我的恐懼。老師就像正在我無力保護他的地方與宿敵對峙。我懼怕著，怕得喉嚨幾乎抽搐起來。

於是——

越是閱讀親和圖，老師的眼神就變得越發嚴峻。

「……老師？」

「哈特雷斯試圖要干涉這座村莊的——涉及亞瑟王的術式。」

我實在不能當作沒聽到這句話。

「像費拉特一樣嗎？」

我想起那名少年能夠十分輕易地接觸他人的魔術。

據說他甚至曾數度潛入鐘塔的祕密會議，不過每次談到來龍去脈，老師就會緊皺眉頭，撫摸胃部，因此我沒聽說過詳細情況。

「不，費拉特的手法基本上是依靠才能與感性實行的竊聽（Tapping）及逆轉（Counter），哈特雷斯遠比他更加周密、更加仔細地花費時間……」

說到此處，老師摸著親和圖，讓視線游移半晌，然後隨著一聲沉吟垂下頭。

「……不行，我無法解讀。」

「老師辦不到嗎？」

我十分驚訝。

因為我第一次看到他像這樣說洩氣話。

姑且不論魔術的技術本身，那個幾乎像呼吸般自然地揭穿他人的魔術，甚至曾因而身陷危機的老師，竟然無法解讀他人的魔術。

「我看得出大概的方向，也能理解原本的術式是由凱爾特魔術及黑魔術(Witchcraft)編寫，進行干涉的術式以現代魔術及黑魔術作為基礎，並混合阿特拉斯院的鍊金術。但術式交織的方式過於纖細，難以判斷具體的意圖是什麼。在多達數千個數字中，只要對一個數字、一道細如髮梢的花紋解讀錯誤，就會變成全然不同的東西。」

老師指向親和圖中描繪著精緻花紋的筆記說道。

數量不只一兩張。親和圖上層層交疊地貼著數十張紙，上面全都繪有截然不同的花紋與潦草圖案。有些宛如天使的翅膀，有些是古老的王冠，有些是五芒星、六芒星、十一芒星及十二芒星，還有由多種圖形組成的異樣形狀。

「就像只在風景畫上添加最低限度的幾道筆觸，營造出異國的景色一樣。技法與顏料都沒有統一性，原本明明不可能實現，他卻憑藉可怕的執著與絕妙的手段強行加以實現。啊，這應該正是支撐起無君主在位的現代魔術科的哈特雷斯博士真正的本事吧。」

在老師之前的現代魔術科學部長。

我們被迫清清楚楚地體認到其能力的片鱗半爪。

「既然知道方向，若擁有翠皮亞般的頭腦或如露維雅潔莉塔般一流的魔術迴路，應該能接近答案。然而，我的大腦與魔術迴路都無法達成那麼大規模的計算。」

那句話委實過於苦澀。

無論面對這個事實多少次，老師大概都沒辦法放棄吧。更何況，如果他認為自己在這個領域的表現不錯，就更是如此。

老師低著頭，張口低聲說。

「如果至少有月靈髓液（Volumen Hydrargyrum）在這裡……」

「找我嗎？」

一個人影突然站立在門邊。

「——嗚喔！」

就連應該正保持警惕防備周遭的騎士（凱爵士）好像都沒發現那個存在，發出驚呼往後一仰。

那也是當然的反應，從小屋門縫底下滲入屋內的液體突然化為人形。

那楚楚動人的銀色身影，令我不由得瞪大雙眼。

「托利姆瑪鎢！」

「敬妳的眼眸（Here's looking at you, kid）。」

看到水銀女僕面無表情地說出某句電影臺詞，我不禁連連眨眼。

「……妳怎麼會在這裡？」

「昨天萊涅絲大人交代我，要我在返回倫敦途中折返村莊。命令內容是『盡量躲在不被兄長發現的位置，當他碰到危險時擺足架子再出手相救，用糾纏不休的態度最大程度地賣人情給他』。但因為找不到你，我便在附近待命，方才總算捕捉到反應，找了過來。」

「…………」

我啞口無言。

老師也一樣，茫然地用掌心摀著臉。

「……哈哈哈哈。」

唯獨這一次，老師愉快地笑了出來。

「這代表那傢伙從第一輪開始就做過這種事？」

他的語氣顯得無言卻又爽快。

在第一輪中，托利姆瑪鎢多半在那個村莊裡遠遠地觀察著老師。她確認了老師最終並未遇險，在他與我一起離村之際，她想必也暗中同行了。

「很有萊涅絲小姐的風格。」

她留下的關懷倏然沁入心房。如果我這麼說，那名少女或許會一臉彆扭吧。

真想回去，我心想。

回到有那名少女等待的餐桌邊。

真想跟她一起喝茶，品嚐甜點，互相說一點老師的壞話。儘管我不擅言詞，對話很快就會中斷，但那想必依然會是一段快樂時光。

「但是……有托利姆瑪鎢在這裡，可以做什麼？」

「月靈髓液本來是我的老師肯尼斯．艾梅洛．亞奇伯親手製作的魔術禮裝。」

老師偶爾會提起的名字令我心頭一跳。

據說造成他在第四次聖杯戰爭中喪命的原因與老師有關。

現在，那種感傷也遠去了。老師倏地揚起手指。隨著那像樂團指揮般的舉動，閉著眼的托利姆瑪鎢同樣舉起右手。

「我的老師在二十來歲時製作的魔術禮裝，之所以被盛讚為十二家之一艾梅洛的至高禮裝，並非純粹是因為作為戰鬥禮裝性能優秀。」

聽到老師的話，托利姆瑪鎢的右手轉眼間蒸發。

因為擔心毒性，我一瞬間摀住嘴巴，但水銀沒有繼續蒸騰，重新於半空中液化，使空中浮現出幾個數字盤。

「這是……」

「月靈髓液同時是艾梅洛派數一數二的演算機。不過，由我來操控，只能解放極少數的功能。」

托利姆瑪鎢居然隱藏了那種機能。

浮現的數字與記號不斷變化，令人目不暇給。

那些數字與記號與老師所說的術式有什麼關連，是我難以理解的領域。不過，嘗試解讀的老師眼神認真無比，每當數字變換，他的感情就會流露出好幾種色彩。

例如，焦慮。

例如，嫉妒。

例如，憧憬。

例如，憤怒。

或是由那一切交織而成的某種感情。

不是哈特雷斯對於老師，我目睹了老師對哈特雷斯產生了某種感情的瞬間。

「啊，這樣嗎？那個術式……連結到這裡嗎？他關注的並非肉體、精神與靈魂其中一項，反倒是這些因素的保存與變質。」

老師喃喃說著，來回看著親和圖與數字盤，又接著揮動手指。

這一次，數字盤接連不斷地變化成筆記上描繪的花紋或五芒星等等，變換著形狀。天秤、魚、山羊、星辰、太陽、月亮。轉變的順序與大小各不相同，我推測那對於魔術師來說，類似於科學家眼中的公式。

同時，被大量象徵(Symbol)淹沒的老師，宛如一位憂鬱的哲學家。

不久之後，變換停止了。

水銀文字盤似乎找出了某種結論。

老師有幾秒鐘僵住不動。

「老師，發生什麼事了？」

「……我多半找到了答案。不過，這個……」

「……老師？」

在沉默過後，老師猛地回頭。

「托利姆瑪鎢，離日出還有幾分鐘！」

「如果將日出定義為太陽完全升起，我推測還有三十七到四十三分鐘。」

「馬上離開這裡！」

老師立刻將飄浮在空中的水銀盤還元為托利姆瑪鎢的右手，掉頭就走。

我慌忙跟在他背後發問。

「這是怎麼回事？老師！」

「我們去沼澤。抱歉，沒有時間詳細說明了。邊跑邊說吧。」

「喂喂，我看這樣你會先倒下吧？」

騎士開著玩笑，但一走出小屋，他就神情一僵。

「——哎呀，這可危險了。」

「你是指什麼事，凱爵士？」

「唉，雖然從村子的情況來看，我想過他們會找過來。還真辛苦呀。」

他似乎覺得很麻煩，自暴自棄地回答。

從傾斜的森林山麓那側——也就是沼澤對岸的村莊方向，我終於也聽見嘈雜的人聲慢慢地傳來。

「看樣子村民們認為情況不對勁，開始搜山了。哈哈，由這條路線前往沼澤，會跟他們正面起衝突喔。除非逃走，不然妳將與認識的人互相殘殺，趁現在下定決心吧。」

騎士用一如往常的輕鬆態度開口。

＊

「哈啊……哈啊……哈啊……！」

在半山腰，一名男子緊貼著山壁爬上山坡。

那是費南德祭司。

一身溼透的祭司服到現在仍然滴著水珠。

他也被先前的暴洪沖走，從另一個洞窟爬了出來。連他自己都覺得「真虧我能活下來」，也許是脂肪意外地容易漂浮在水上所致吧。雖然與伊露米亞修女走散了，但這不成問題。

畢竟他之所以會拚命爬上山坡，是因為收到了平安無事的伊露米亞傳來的念話。

聖堂教會禁止祭司學習使用的洗禮詠唱以外的魔術，但這是表面上的說法。像她這樣的代行者，會被要求學習強化與念話等許多實用魔術——對了，魔術會冠上聖禮之類體面的名稱——那同時也是聖堂教會藉壓倒性的權力長年以來收集的一部分知識。

「咿……咿……」

費南德滿頭大汗地拖著溼透的祭司服竭力往上爬。他每在雜草蔓生的山坡上前進一步，就會失去平衡，好幾次差點摔倒，並喘著氣抱怨。

「居然叫人馬上趕去沼澤……我明明差點溺死……伊露米亞修女打算強迫我做多少勞力活啊……」

他一臉隨時可能昏厥的樣子，胡亂挪動雙腳。

半途，一個聲音傳來。

「你平安無事啊，費南德祭司。」

從樹蔭下現身的人影，讓祭司嚇得僵住不動。

大約幾秒鐘後，他領悟到對方的真實身分，硬是嚥下了恐懼，呼喚其名。

「貝爾薩克……布拉克摩爾……」

也就是布拉克摩爾的守墓人。

「……貝、貝貝貝、貝爾薩克。你、你打算對我做什麼？」

「我現在無心加害於你。」

守墓人搖搖頭。

他的一隻手依然握著巨斧。既然能握著斧頭游出那波暴洪，這位守墓人的體能也十分驚人。相對的，祭司與伊露米亞不同，沒有洗禮詠唱以外的能力。只要他有意動手，應該能比平常劈柴更輕而易舉地將祭司的身軀砍成兩截吧。

不過，貝爾薩克用和往常一樣沉著的聲調繼續說道。

「我只是想請教你的見解。」

「……以布拉克摩爾守墓人的身分嗎？」

「或許是吧。」

守墓人的態度依舊保持恭敬。

與在那座村莊裡多次交流時的態度一樣，他沉默寡言，但始終表現出敬意。雖然布拉克摩爾守墓人與聖堂教會的行動方針未必相符，他也不會隨便出言不遜。

他們彼此都認為總有一天可能會敵對，但仍然維持了不可思議的關係。

「就算是聖堂教會，內部也絕非團結一致吧？至少我不這麼認為。」

守墓人用低沉的語氣呢喃。

「打從以前開始，我便感到疑惑。你和伊露米亞修女經常在各方面找格蕾攀談。修女多半是為了監視格蕾，我卻感覺到你的關心出自不同的緣故。是什麼緣故呢？」

「……不能用這是你的錯覺來解釋嗎？」

祭司像隻膽小的胖老鼠般東張西望。

面對那樣的舉動，貝爾薩克悄悄地補充。

「伊露米亞修女不在這裡。她或許會透過念話與你聯繫，但並非連你的行動都監視得到吧。」

「……嗚……」

「祭司，可以告訴我你個人的見解嗎？」

「唔、唔、嗯。」

祭司清清喉嚨，揚起眼珠探查貝爾薩克的表情。當然，守墓人的臉部表情沒有一絲波動。

也許是這般景象讓他放棄窺探對方的想法，祭司顫動幾乎呈球形的下巴，在不久後從肥厚的雙唇吐出回答。

「……站在聖堂教會的角度，亞瑟王當然是異端。那種存在方式與本地的風俗信仰融合得太深，難以視作與我等屬於同一宗教。」

祭司的見解，於聖堂教會的角度來看是十分妥當。

亞瑟王的許多傳說都帶著該繁盛宗教的濃厚色彩，然而在現代並不通用。因為無論是在傳說中登場的宮廷魔術師也好、女巫也好，乃至王家也好，都無法脫離本地宗教單獨論述。

可是。

守墓人微微挑起一邊眉毛。

在停頓半晌之後……

「不過，那種事情和那個女孩在本質上無關吧？」

祭司唾棄般地說道。

迎著夏夜的晚風，守墓人緩緩地發問。

「你說無關嗎？」

「怎麼可能有關。歸根究柢，將昔日的習俗強加在未來的世代身上，強迫他們犧牲，這若不算是錯誤又算什麼？」

祭司這麼斬釘截鐵地斷言，側臉顯得十分爽朗。他就像走過漫漫長路，終於放下沉重行囊的旅人。

但他的臉龐立刻蒙上一層陰影。

「只是，我沒有資格說這種話。」

「為什麼？」

「……因為十年前啊。」

祭司以有些苦澀的語氣說出口。

「是我向聖堂教會報告了格蕾的長相突然改變的消息。」

「……………」

貝爾薩克一語不發。

也沒有加上一句感想，表達自己知情或不知情。

「當時，我沒想到事情那麼嚴重。眼見一名少女的外貌逐漸改變的確令我害怕，但改變之後與她原有的印象也不算相差太遠，我頂多把這當作發育期有可能發生的情況。但村民們開始痴迷不已地信仰她，讓我感覺必須向教會報告。尤其是那位母親。」

祭司的嘴角浮現苦笑。

凡是村中居民，都知道格蕾之母是多麼為女兒傾倒。歷經一千多年漸漸減弱的亞瑟王信仰會再度興盛，明顯是格蕾之母與擔任村長的老婦人導致的結果。

「所以為了慎重起見，我在定期聯絡的報告裡寫到此事。說到我做過的事情，頂多只有這個而已。」

大概是忍著一身疲憊吧，費南德祭司靠在附近的樹幹旁往下說。

「結果，不久之後，教會決定派遣伊露米亞修女過來。她是真正的聖堂教會成員，是在聖堂騎士團受過訓練，獲得足以驅逐魔術師與非人者的能力的年輕人才，跟我這種因為有幾分才能就被強行選中的窮鄉僻壤監視員可不同。」

祭司一邊擦汗，一邊苦澀地笑了。

「她好幾次對我說，假使將危害教會的存在即將誕生，摘掉災禍的嫩芽也是主的教誨。啊，那一定是正確的觀點。我和她嚴格說來連教派也不同。若是在往昔，我大概屬於會被她追殺的異端吧。」

那是該宗教的歷史。

在某種意義上，比起截然不同的宗教，他們對於本源上有相同部分的異端更為嚴酷。正因為價值觀有一部分重合，才無論如何都無法容許些微的差異……那或許是人類的天性。

「所以，我沒有資格說那種話。」

祭司輕聲地說。

「當然，我確信當時的行動基於我的職務是正確的。雖然確信這一點，但這幾年我一直在思考，那是否能斷言為聖務……怎麼，你的表情怪怪的，我說了什麼可笑的話嗎？」

「……啊，沒有。」

貝爾薩克搖搖頭。

守墓人停頓了一會兒，如此繼續道。

「只是，在那個村莊裡發生的一切並非謊言，讓我很感謝我相信的事物。至少我認為，你在村中看到的事物與我相同。」

「……哼。」

祭司別開目光，這次內斂地開口。

「你打算支持哪一方？」

「你說哪一方嗎？」

「就是支持我們聖堂教會，還是支持村民？」

在森林中央，費南德的聲調顯得熱切。

「我們早已得知你與這個國家的政府有聯繫，因為伊露米亞修女對這方面的事情很敏感。不過，你也並非政府的間諜吧？布拉克摩爾的守墓人本身的歷史應該比亞瑟王更久遠。那麼，你也不會像村民般盲目地迷信亞瑟王。即使支持我們，也不算違背你的信念不是嗎？」

聽到祭司的演說，守墓人似是意外地挑了挑一邊眉毛。

接著——

「我似乎明白聖堂教會為何選中你當監視員了。在和平時期，沒人會比你更適合慢慢地讓異端適應環境吧。」

「這算是稱讚嗎？」

「我是那個意思。」

貝爾薩克說完，補上一句。

「作為守墓人的繼承者，我將保護那個女孩。」

「這樣的話，跟我們……」

「如果格蕾落入你們聖堂教會手中，下場不會平安無事吧。當然，你們的宗教訴諸寬恕，但適用範圍並未將我們的世界包含在內。寬恕是為了人類而存在，沒有必要套用在非人者身上。」

「唔……你說得沒錯，但是……」

「承蒙關懷，愧不敢當。」

貝爾薩克真摯地低頭致意。

然後，他突然抱起雙臂，像費南德祭司一樣倚靠著樹幹，閉上雙眼。

「我在這裡什麼都沒看到，沒遇見任何人。因為有點疲憊，我決定休息幾分鐘，可能有人剛好在這中間離開了吧。」

「……雖然還有話想說，但我承你的情。」

費南德盡可能擺出高傲的態度晃動肥肉挺起胸膛，再度邁步往山坡上走去。

話聲從他的背後傳來。

「下次遇見時……將要以性命相搏了吧。」

「不不不不，饒了我吧。」

祭司用沒出息的聲調說道，撅著屁股爬上山坡。儘管大口喘著氣，渾身冒出的汗將浸溼的祭司服弄得更髒，他也並未停下腳步。

等那身祭司服消失於霧氣中後，貝爾薩克緩緩地睜開眼。

他踏著絲毫感覺不出疲憊的步伐，也登上了山坡。前方通往沼澤。守墓人有種預感，事情多半將在那裡了結。始終在那座村莊上演的平靜謊言的終結。

一段說不定是人人都想再持續久一點的，時光的——結局。

「——啊啊！」

叫聲忽然劃破森林。

察覺對方身分，貝爾薩克猛然拔腿飛奔。他以驚人的速度直奔叫聲傳來之處，雙目圓睜。

「費南德祭司……！」

祭司倒在那裡。

他趴倒在地，殷紅的鮮血自背部擴散開來。

貝爾薩克慌忙跑到祭司身旁觸摸他的脖子，渾身一僵。

「他死了……」

然而，他才離開貝爾薩克的視線短短幾分鐘。

在短短幾分鐘之間，這裡究竟發生了什麼事？

貝爾薩克觸碰祭司染紅的背部，低聲呢喃。

「有人從背後用短刀一類的武器刺了他一刀？」

當然，費南德祭司沒有受過戰鬥訓練。不管是村中的任何人，只要打個措手不及，應該都能輕易殺害他。然而，到底是誰下的手？在這種時機，費南德當然也會提高警覺。他可能放心接觸的人頂多只有伊露米亞修女，但貝爾薩克不認為她有理由殺害祭司。

貝爾薩克發現另一個不可思議之處。

「他的身體……是乾燥的……？」

4

我們與老師一起下山。

距離沼澤沒多遠了。

托利姆瑪鴿帶頭分開鬱鬱蒼蒼的茂盛草叢。考慮到她不知疲憊為何物，這樣的安排很合適。平常總是最先累壞的老師，唯獨這一次忍著疲累，持續在陡峭的山坡上前進。

騎士（凱爵士）負責殿後，監視周遭，我則走在老師身旁。

手中的亞德仍然是大鐮刀形態，尚未出現甦醒的跡象。

那事實讓我用力抿唇，老師此時忽然開口。

「妳可以面對村民們嗎？」

「……可以。」

「妳的母親說不定也在其中。」

「……嗯，我明白。」

我領首兩次。

聽到搜山消息時我大受衝擊，但只是暫時的。因為自從與村莊為敵後，我就知道自己必須面對母親。

「更重要的是，剛才的事情是怎麼回事？哈特雷斯在這裡做過什麼？」

「儘管在一定程度上解讀了親和圖的內容，關於他做過什麼事，我的想法還在假設階段。不過，我推測了他在案件發生前夕的行動。」

「案件發生前夕的行動？」

「就是第一輪。貝爾薩克說過，第一天有人觸犯了幾條規矩。」

我回想起萊涅絲的敘述。

那發生在她與老師一起遇見翠皮亞以後。貝爾薩克應該說過這番話，並質問老師他們是否知情。

——「像是小孩子跑出去等等，偶爾會有人觸犯一條規矩……不過，這次是觸犯了兩條。」

「那是哈特雷斯在夜間接近了村莊。他多半是在最後去確認了布置的裝置之類的，然後沒有向黑面聖母禮拜就直接離了村。」

「離村……」

的確，這麼做也會觸犯兩條規矩。

在深夜外出，以及未向聖母像禮拜這兩條。

「不過，在他前來的時候呢？」

「那間小屋蓋在沼澤另一頭，多半是在村莊魔術警報的範圍外。儘管如此，他說不定還是曾違規過。貝爾薩克本人也說過，偶爾會有人觸犯一條規矩，深夜外出也算在內，所以哈特雷斯應該不太在意違規吧。」

這個說法很合理。

但若是這樣，哈特雷斯在這座村莊附近潛伏了多久？他待在魔術警報範圍外，監視了我與村莊多久？

「…………」

某種討厭的硬塊橫亙在胃部深處，令我發寒。

不同於得知村莊祕密時的感覺，那是種生理性的厭惡。

這使我連想到不同於人類，像昆蟲般冷酷的觀察視線。雖然只在魔眼蒐集列車上見過一面，但我從那名男子身上強烈地感受到了某種非人類性。他長時間監視我，究竟得到了什麼結論？

「哈特雷斯這個魔術師，基本上並不直接涉入案件。」

老師說出分析。

「除了在雙貌塔伊澤盧瑪的資金投資以外，他應該還間接涉及過多起案件，但絕大多數都被暗中不為人知地處理掉了。哈特雷斯應該一直都是挑選這類案件下手。否則的話，不知何時會被什麼樣的不確定分子盯上。」

說到此處，老師一度閉上嘴巴。

「我碰巧打破了這一點。」

「哦。」

這次應聲的是騎士。

「原來如此、原來如此。那個叫親和圖的玩意兒做到一半就放著不管，是這麼回事啊？我可以接受。總之，這次案件的契機是……」

「對，這次案件的契機是我。」

聽到騎士帶著些許愉快的話語，老師神情苦澀地頷首。

「老師是契機，這是什麼意思？」

「就是聖堂教會為何在這個時間點行動。鐘塔的君主進了村，聖堂教會再也無法坐視不理，至少哈特雷斯這麼判斷，而匆匆離開了此處。」

「…………！」

我不禁握緊雙拳。

那是理所當然。老師再怎麼說也是鐘塔僅有十二人的君主之一，在其他勢力眼中是一舉一動都應當注意的存在。在亞瑟王或許會復活的第五次聖杯戰爭前夕，那位君主來到他們一直在監視的村莊，他們不可能當成巧合看待。

明明理所當然，我們卻忽略了這件事。

「在哈特雷斯看來，我在這個階段進入村莊想必也是出乎意料。對，十二君主之一直接前來這種毫無道理的行動應該在他的計算之外。即使他並非所有事的幕後黑手，在這起案件中也扮演了某種角色。」

「各位，就快到了。」

走在前頭的水銀女僕悄然呢喃。

正如那句話，我們很快地走出森林。

柔和的晨光溫柔地刺激眼睛。

沼澤就在前方。

由於有禁忌的限制，我幾乎不曾接近這裡，但像這樣近距離一看，其規模稱作沼澤似乎略大了些。沼澤水中摻雜著泥漿，從前或許更加清澈一點。

從地平線上射來的陽光徐徐地擴張他的領土。

光明世界緩緩造訪傾斜的山脈，這應該是能觸動許多人的美麗景象，我卻實在沒有那個心情。

黎明。

也就是說，那是——

「妳死亡的時刻。不，曾被認定為死亡的時刻。」

老師說出答案。

這人真的有欠考慮。他好像認為只要真相置於眼前，自發地說出口就是他的義務。所以，討厭他的魔術師也很多，因為覆蓋真相的面紗，正是保護魔術不可或缺的屏障。

老師的目光鎖定沼澤，張口說出這樣的臺詞。

「因此，必定脫離不了這個時刻。」

——於是。

異變宛如預言般發生。

某種巨大之物分開泥水，從沼澤內部浮起。

大小不只人影程度。

一棟似曾相識的建築物浮起了。

不，豈止似曾相識。我在短短幾小時前才看過它。我特別難忘的是緊鄰入口處那尊受到光線映照的石像。浮起的神殿有一部分與沼澤邊緣交疊，簡直像架起了一座橋。

由於連作夢都沒想過會目睹這般情景，我茫然地呢喃。

「那座神殿……從水中浮起了……？」

啊啊。

在晨光尚顯朦朧的霧氣中浩浩蕩蕩地浮起的建築物，是我們與骸王交手前發現的地底神殿。

當然，以物理法則來說，石造神殿與其用作支撐的地基不可能漂浮在沼澤之中。這無庸置疑是神祕。規模更是龐大到現代魔術師難以觸及的程度。

我僅是茫然地注視太過突然的狀況，在我身旁——

「……啊，可惡。是這樣的比喻嗎？扯上神祕這玩意兒的傢伙，老是親切周詳地幹些無用的事啊。」

騎士（凱爵士）低聲呢喃。

開玩笑的口吻消失無蹤，曾列位圓桌的騎士咬牙切齒地吐出這樣的臺詞。

「那是……亞法隆……！」

*

「這、這是什麼！怎麼回事！為什麼神殿浮起來了！」

與其說是慌張，更像是對新玩具的機關感到興奮的聲音在空間裡響起。

「你自己說過……地形結構上有不自然之處吧。」

翠皮亞以沉穩的聲調說道。

在改動重現的參數，導致暴洪湧現的時候，改動參數的費拉特曾這麼說。

——「而且地形在結構方面也有不自然之處……呃，總之外面的人可以像這樣干涉這個類似過去的地方對吧？」

使得費拉特較為容易干涉的原因。

使翠皮亞暫且接受他們的成功的原因。

兩者起因於同一個地方。即——費拉特成功引發暴洪，是因為那片地底空間原本就設計了那種機制。

「要讓神殿正式升起需要一些步驟，我費了一些力氣才跳過那個過程，使之運轉。不過在神殿升起的同時，似乎也觸動了解除結界的機制。」

翠皮亞這番話讓費拉特抬起頭。

「……意思是說，你以我用過的手法回敬了我？因為我干涉過，你利用了這一點？」

「唔。」

翠皮亞輕聲開口，睫毛微微搖曳。

「你的老師應該不是專家，沒辦法在這方面教導你吧。基於魔術行使的干涉也有各式各樣的作風及技術，並非只有不當利用正常運作的迴路才算本事。雖然這種情況很少發生，僅在魔術師駭客相遇時才適用的戰術也是存在的。」

阿特拉斯院的鍊金術師揮動手指，彷彿在彈奏看不見的鋼琴鍵盤。

他的一舉一動就像正在演奏魔音，操縱艾梅洛II世等人置身的近似過去的世界。或許正是那種人類耳朵聽不見的音色撼動了世界本身？

「對我而言，這是個難得的機會，讓我得以展現早已遺忘的能力。」

翠皮亞的發言流露出非比尋常的自信，與支持著那股自信的，他累積的時光。

「啊哈哈！這個太棒了！魔術連這種用法都有嗎！阿特拉斯院像花費數十年經營的卡牌遊戲一樣有深度耶！」

「好了，冷靜點。」

史賓告誡同學，同時瞪著水晶球。

他們引以為豪的鐘塔講師，此刻在水晶球裡面對著升起的神殿。

「那麼——」

翠皮亞的目光也投向水晶球。

「你能觸及你應當解開的謎團嗎，艾梅洛II世？」

5

「亞法隆……」

我當然也知道那個名稱。

死去的亞瑟王被運送過去的土地。

而且，那據說是他終有一日注定復活的地方。就算說那處即是不列顛最神聖之地也不為過──

「在水面另一頭的那座神殿是……？」

「那應該不是亞法隆本身，而是參考亞法隆傳說建造的產物。凱爵士剛才提到的比喻，在魔術上很重要。」

「哈！真虧他們能湊齊那麼多東西。」

騎士佩服地說。

但是，我總覺得那句話不只是單純的感想，還摻雜了別的成分。雖然我實在稱不上了解他的心情。

「按照那幅親和圖，肉體、精神與靈魂會在那座神殿內合而為一。」

老師以壓抑著顫抖的聲音開口。

應當獻上我這副肉體的聖地。

那麼，作為精神的骸王當然也在那座神殿裡等著我們嗎？

「村民們也經由那個類似橋的地方進入神殿了吧。我不清楚他們本來知不知道這個機關，但他們正跟那個面具之王一起手牽著手相親相愛，迫不及待地等妳送上門呢。」

騎士不耐煩地嘆息。

「可是直接衝進去只是重蹈覆轍喔。如果她再揮下那把漆黑聖槍，豈止我們，連整座山都會一起被轟成灰。沒有痛苦的死掉或許是很輕鬆，不過我覺得那種結局很可笑喔。」

「不。」

那句否定讓騎士與我都回過頭。

「恐怕不會如此。」

老師的口吻帶著靜靜的篤定。

我得知了話中的意思——這個第二輪的「結局」，即將揭曉。

第四章

1

幾座通往神殿的橋架了起來。

在使神殿升起的機關中，一定也包含了這個部分。還泡在水中的地板似乎正在緩緩地排水。

只是，經過洗滌的神殿，蘊含與在地底目睹時完全不同的莊嚴。

或許這才是它原有的樣貌。在發霉的地底歷經長久歲月的神殿，隨著在地表顯現，恢復了神聖的姿態，讓我想起好幾個傳說。在古老神話中死去的神祇們，經常在被帶出地底冥府後復活。

成群人影聚集在那座神殿的入口處攢動。

一邊是村民們。

人數大約為十幾人。他們個個手持陳舊的斧頭或鋤頭瞪視著我們。其餘不在場的村民大概是動彈不得或者年紀太大吧。

「亞瑟王的……！」

「亞瑟王的……肉體……」

聽到那些呆滯的呢喃，我不禁垂下眼眸。

沒有人再喊我格蕾了嗎？

村民們後方佇立著另外兩人，是身為代表的女性和老婦人。

「媽媽、姥姥。」

「妳……」

老婦人低沉地喊道。

母親一語不發。她宛如玻璃的眼眸，僅僅不帶感情地映出我的身影。即使到了這個節骨眼，她展現的表情也沒有任何改變。

另一邊是伊露米亞修女。

她依然穿著修女服，放鬆了緊繃的力道，獨自面對村民們。

那姿態看來也像在誇口，就算要她獨自對付全體村民也沒有任何問題。不，實際上就是這樣吧。憑她在地底展示的戰鬥能力，不費吹灰之力即可輕鬆解決平凡的村民們。

事實上，現在是村民們顯得畏畏縮縮。不管信仰多麼狂熱，要將未經訓練的人變成戰士都是很困難的。

還有與雙方保持等距的骸骨兵群。

當然，它們沉默不語地監視著雙方。

然而，三方僵持的局勢伴隨著令人意外的虛脫感。

因為出乎所有人意料的「結局」降臨了。

「……動作真慢。」

伊露米亞修女開口。

「你們沒有交手嗎？」

「對啊，照這種情況怎麼可能打起來？我發現沼澤的機關，打算搶先趕來，但在我抵達時就是這樣了……對了，這麼一來我算是第一個發現現場的人，所以不能信任來著？」

修女無言地以下巴示意。

那番話應該並非謊言。因為周遭沒有打鬥的痕跡。縱然是伊露米亞修女，我不認為她在與那個人交手後還會毫髮無傷。

可是——

「為何會……這樣……」

老婦人用驟失緊張感的聲調說道。

先前熊熊燃燒著信仰之火的姥姥，如今喪失了那股熱烈。

沒錯，沒必要阻止。不可能有那個必要。因為他們應當賭命奮戰的最大理由，已然被剝奪了。

「……喂喂喂……事情怎麼會變成這樣？」

連騎士(凱爵士)都語氣茫然地低語。

他們的目光匯集在骸骨兵群的更後方——設置在神殿內的黑面聖母像腳邊。

一個人影倚靠著成為聖壇的那個地方。

啊啊，我知道這一幕。雖然早已遺忘，雖然應該遺忘了，我一目睹那個場面依舊不由分說地回想起來。

劇烈的頭痛襲來。

一瞬間令視野染成一片空白的劇痛帶來進一步暴露內在記憶的效果。

我最先想起的是嗅覺。

糾纏腐敗的野草與水的氣味，

吸入氣體的喉嚨都快要跟著潰爛的瘴氣。

是那時候的沼澤遠比現在更加混濁嗎？若長時間滯留則可能致病的臭氣緊貼著鼻腔黏膜。

然後，是聲音。

多達數十隻、數百隻烏鴉刺耳的叫聲。

就在烏鴉旁邊，向我發出的吶喊。

——「妳……把我……」

啊啊。

那個結局，如今在此處揭曉。

「骸王她……死……了……？」

我的呢喃聽起來彷彿出自他人口中。

在現場的骸骨兵後方，受到黑面聖母注視，倒下的面具少女的頸項染成血紅。

2

那顯然是致命傷。

少女倚靠著祭壇，一動也不動，淌流而出的大量血液早已徹底漫開，從邊緣慢慢凝固。

在那裡的身軀已是一件物品。

只不過是失去生命後的肉塊。

「為……什麼……」

我的呢喃聽起來彷彿出自他人口中。

不。

我並非完全沒料到。

既然我在第一輪中存活，又有跟我長著同一張臉孔的人死亡，就只會是那一個人了。

所以，我在心中一角預測過，第二輪說不定也會發生一樣的事。

我心想，那應是種必然的發展吧——骸王就像截斷了所有趨勢般，突然地死去了。

在我為突如其來的情況大受衝擊之際，靠近村莊的橋梁處出現另一個人影。

「……這是怎麼回事？」

「貝爾薩克。」

布拉克摩爾的守墓人。教導我生存方式與戰鬥方式的另一位老師。

他望向骸王的屍體，嚴肅的神情沒有變化。

不只如此，他還這麼開口。

「在前來這裡的路上，費南德祭司也死了。現場有他跟不知什麼人起衝突的痕跡……話說在前頭，不是我下的手。」

「啊？」

伊露米亞修女挑起形狀優美的眉毛回過頭。

「意思是你殺了祭司嗎！」

「我說了，不是我下的手。」

貝爾薩克又說了一遍，我再度雙眼圓睜。

「……怎麼會……！」

簡直像是連環凶殺案。

第一輪也發生過這樣的案件嗎？

費南德祭司和骸王。兩人的死就像對走投無路的局面投下了重磅炸彈。因為太過突兀，我實在難以接受。到底要怎麼樣才會發生這種情況？

持續的頭痛使我抬手按住太陽穴，嚓嚓……嚓嚓……我聽見奇異的聲響。

（……什麼？）

類似燃燒膠捲、火舌燒灼書本邊緣的聲響。

在那個聲音吸引我的注意力時，老師開口。

「事情果然這樣發展了嗎？」

「你知道會發生這個情況嗎，艾梅洛II世？」

騎士（凱爵士）發問。

的確，老師如此說過。我們恐怕不會在此與骸王交手。那是因為他察覺骸王已經死去了嗎？

「第一輪的貝爾薩克說過，在黑面聖母旁出現了格蕾的屍體，所以不會有人追捕我們。當時我以為教會是陳屍現場，但其實很簡單，不過是還有另一尊黑面聖母罷了。當然，當時貝爾薩克沒有時間一一解釋……那麼，既然這裡並非過去，我想必然會在這個時機補縫矛盾，以合乎邏輯。」

老師略為壓低嗓門，這麼說道。

這是為了避免周遭眾人聽見過去云云的內容吧。再怎麼費盡唇舌解釋這個世界對我們而言是第二輪，他們也無法理解。

「不是過去？」

「我一直在思考，那這裡是什麼？若是單純的模擬，也沒必要將我們傳送到特定的時機吧。重要的是為了什麼而重現，具備什麼意義。」

低聲說到此處，老師終於轉動目光。

「瑪格達萊娜。」

他呼喚。

有一瞬間，就連我都感到疑惑。那是誰的名字？

因為那明明是母親的名字，這座村莊裡卻沒有人這麼稱呼過她。

「這是妳的名字吧。格蕾從前告訴過我。」

是嗎？我想不起來。在抵達倫敦後與老師談論各種話題的過程中，或許也有過這樣的內容。

「這個結果的意義，多半只有妳知道。」

「你是指、什麼？」

母親的表情不變。

不，那只維持了短短幾秒鐘。就像一直凝固著的石膏剝落下來般，這次她的臉龐大幅地扭曲。

「怎麼會……」

她的咽喉顫抖。

我到底有多久不曾親眼目睹母親驚慌失措的模樣了？

「怎麼會，難道，妳是……！」

隨著繼而發出的呻吟，她搖搖晃晃地跑過來。

在淹水的神殿踩出淡淡的漣漪，毫無防備地跑向骸骨兵！

「媽媽！」

「——托利姆瑪鎢！」

老師發射出咒彈作為牽制，拜託水銀女僕拯救母親。

女僕的手臂立刻溶解，化為利刃。她劈開為護衛骸王而襲來的骸骨兵，清出一條通往母親的路。

「嘖——！麻煩還真多！」

騎士（凱爵士）嘖了一聲，也拔劍作為回應。

托利姆瑪鎢與騎士（凱爵士）還有我，三人驅散來襲的骸骨兵群。由於事出突然，包含老婦人在內的村民們無法做出任何反應。

當骸骨兵正要朝村民揮劍之際，從旁加入我們的人影以巨斧砸裂骸骨兵的頭蓋骨。

「貝爾薩克先生。」

「我對與大家為敵有所覺悟，但實在不能坐視從前的同胞死在怪物劍下。」

守墓人高舉手臂，召喚靈體烏鴉。

成群的靈體烏鴉立刻啄向骸骨兵，貝爾薩克則揮動斧頭逐一砸扁其餘的骸骨兵。雖然骸骨兵的數量還很多，卻不足以突破守墓人的防線。也許是對村民們感情不深，伊露米亞修女僅僅袖手旁觀，但她會厭煩地用單手擊退攻擊她的骸骨兵。

在一片混戰中，老師謹慎地走過去，伸出手。

「女士，妳沒事吧？」

他拉起母親開口。

我不明白發生了什麼事。

為何母親會突然往骸骨兵跑去？為何老師不惜挺身而出，試圖救她？啊，不，更令人意外的是我鬆了一口氣。我深深感受到——母親對我只抱著對於信仰對象的感情。縱然如此，看到她得救依舊讓我安心不已。

真是可笑。

即使如此，我難以捨棄這份感情。

「我……」

母親低聲呢喃，老師向她微微頷首。

「格蕾、托利姆瑪鎢，還撐得住嗎？」

「沒、沒問題！」

只要骸王不在，我、貝爾薩克與騎士（凱爵士）便足以抵擋骸骨兵群。

老師倏然站起身。

「——那麼，我繼續講課吧。」

他高聲說道。

他緩緩轉過身，詢問村民們。

「話說，你們可曾見過骸王的真面目？」

聽到老師的問題，老婦人沉默半晌，她轉動布滿皺紋的脖子搖頭。

「……沒有那種必要。」

「正是如此。因為信仰就是這樣的。神由於信奉而為神，即使探索神的真面目不是禁忌，也會有心理上的抗拒。不，這不該受到責難，因為我也那樣認定過。只要相隔一段距離又穿戴鎧甲，就無法分辨出細微的體型差異。」

老師裝模作樣地搖搖頭。

「……你想說什麼？」

「只是做個確認。」

老師表情有些緊繃地頷首，並繼續道。

「這是你們無從得知的事實，第一輪在逃離村莊時，格蕾處於神智不清的狀態。村中陷入大混亂的情報，也只不過是我看到動盪不安的跡象後告訴她的。追根究柢來說，若非大部分村民都出去了，我也沒辦法在清晨逃離村莊。啊，所以在第一輪沒有人檢查過她的真面目，認定是格蕾死了。」

確實如此。

可是，老師在說什麼呢？

老師到底想要說出什麼呢？

在阻攔骸骨兵的期間，我又聽見嚓嚓嚓……嚓嚓嚓……的奇異聲響。那緩緩地加速、串連的聲響，彷彿包圍了這座神殿。

不只如此。

光是聲響還不夠，連環繞神殿的沼澤各處也出現細微的裂痕。明顯不同於自然現象的是，掠過水面的裂痕完全沒有合攏。

簡直就像掠過世界的雜訊。

「……老師，沼澤裂開了。」

我走過去守住老師背後並悄悄告訴他，老師也點點頭。

「嗯。不過，除了我們與凱爵士以外的人好像沒有發現。」

這顯然不對勁。

就像在說世界已經無法維持一般，異常的情景頻頻發生，可是村民們、伊露米亞與貝爾薩克都毫無反應。

「我們的共通之處是來自這個世界之外吧。換言之，這代表世界內部的人無法認知到世界的修正不是嗎？」

「修正？」

「時間具有修正之力，是科幻小說常用的說法。實際上在魔術的理論中，時間也有某種方向性在起作用。即使這裡並非真正的過去，應該也引進了類似的概念。」

老師的話讓我眨眨眼。

修正之力。

若是如此，骸王的死果然與第一輪相同，不是嗎？

「戲劇的上映時間已定。不管戲劇何等盛大精緻，不管重現幾次，結束的時刻都會到來，或者該說正是如此所以會到來。強制的、不講理的、無從改變的結局（Deus ex machina）將會到來。」

我好像聽過那個用語。

據說在古希臘的戲劇中，在打破陷入僵局的情節發展之際，神祇會自機械裝置突然現身，仲裁對立的兩方並下達判決，引導故事邁向解決——人們稱之為機械降神（Deus ex machina）。

古老的戲劇可以這麼處理吧。

在之後的時代，那位說出「美啊，請為我停留」，終於違反了惡魔契約的學者突兀地被天使們所救，也曾迎來觀眾們如雷的掌聲。

可是，那個概念此刻在此處有什麼樣的意義？

戲劇會採取怎樣的形式終結？

最重要的是，在這個情境的神是什麼？

「那麼，老師這麼急著趕過來是……」

「沒錯，這齣戲劇只上演到這個時機，將在這裡散場。所以，我們無論如何都必須趕上。因為多半只有曾迎接那一瞬間的人，才會被固定在這個舞台上。」

老師抬起目光，望向骸骨兵聚集的中央。

他注視著骸王的屍體靜靜地說。

「格蕾，幫我清出通往骸王的路。」

「是！」

聽到那句話後，我揮舞大鐮刀。也許因為不在地底，「強化」也恢復了幾成功能。我與托利姆瑪鎢一起替老師開路。

老師帶著母親，一路用咒彈牽制，終於抵達骸王的屍體旁。

他注視著那悽慘的姿態半晌，倏然伸手。

「……您要做什麼，艾梅洛II世？」

「正如妳所看到的。」

聽到母親的話，老師毅然宣言。

「——這便是，她的真面目！」

他摘下面具。

面具在石板上喀啷滾動的聲響比想像中來得輕。然而，應該沒有任何人會將注意力放在聲響上吧。

看到面具下的臉龐，我也同樣啞然失聲。

……啊啊。

當然，那是因為我也一心認定，她無疑是亞瑟王的精神。就算不看黑色先鋒之槍，其存在本身也與我有所共鳴。正因為如此，我深信面具底下想必有一張跟我一樣的臉孔。

然而，那張臉是——

「媽媽……」

我的呢喃和面具一樣落在石板上。

面具底下的臉龐——啊，雖然顯得比較年輕，但我不可能看錯——屬於我的母親。

「正是如此。」

老師補上一句話。

「妳是被害者，也是凶手。瑪格達萊娜。」

老師向呆立不動的母親宣告。

*

……我不知道。

我沒有留下這樣的記憶。

可是，我的心靈記得。即使自表面記憶消除，深深烙印於心的訊息仍棲息於內在。它從深深的水底告訴我，就在這裡。記憶宛如泡沫，但並未消失。

糾纏腐敗的野草與水的氣味。

烏鴉刺耳的啼叫聲。

那是。

那是。

那是。

……有人倒在地上。

……不是我。不過，那是與我十分相似，曾經相似的某個人。

【為什麼？】

我聽見聲音。

【為什麼……妳試圖……成為我？】

那多半是未化作言語的意念。

在我身旁，很接近我的某個人的意念。

這段對話本來恐怕不會外傳。我會聽見內容，大概是因為幾乎失去意識，處在某種恍惚狀態的緣故吧。假使是這樣，我以為的說話聲一定是大腦根據對方意念的特性做出解釋的成果吧。

【對不起。】

啊啊，這則是我知道的聲音。

從許久以前起就知道的嗓音。

【妳應該奪取的肉體是那孩子吧。妳為了這個目的而等待著……可是，對不起。唯有這件事，我無論如何都做不到。】

我聽過那沉穩的口吻。

那股沉穩令我害怕。因為以前我覺得自己一定無法違背此人，因為以前我一直相信，自己將永遠按照此人的要求生活。

傳來的意念只有這些。僅此而已。

實際發生的時間大概不到一分鐘。

於是——

「妳……把……我……」

我總算知道，骸王的意念只有這一句化為現實的聲音，被發了出來。

*

「媽媽……！」

據說碰到過於衝擊的現象時，人腦會遮蔽來自外部的訊息。

因為大腦將絕大多數的資源用在吸收現有的訊息上，為了保障變得缺乏資源的領域，大腦會暫停連結感官，世界變得像膠捲損壞的電影般停止不動。

現在就是這樣。

明明在戰鬥途中，我除了半自動地閃避骸骨兵的攻擊以外，什麼也辦不到。

即使如此，老師還是繼續說。

「妳是凶手這個說法並不正確。說歸這麼說，說妳曾是凶手也有些不同。應該說在原本的時間裡，妳曾按照妳的想法成為了凶手嗎？」

「……我……」

母親低聲呻吟。

她望著被摘掉面具後的另一個自己，然後立刻重新看向老師。

「我，那麼……」

「請安心。」

老師的語氣不知為何溫柔又柔和。

「妳達成了妳的目標。妳度過的歲月，絕對沒有一天徒勞無功。」

「…………」

母親也望著老師，面露微笑。

我不知道有多久沒看過那樣的表情了。

「太好了……是嗎……是這樣啊……」

她就像接受了事實般摀住嘴——然後，消失了。

母親徹徹底底，宛如從一開始就沒有這個人存在般消失無蹤。

只有一把老舊的彎曲短劍取而代之地掉下來，落在老師腳邊。

「媽媽！」

我的吶喊聽起來十分遙遠。

用恐懼與絕望都難以形容的某種情緒，此刻幾乎占據我的整個大腦。我像個啼哭的孩子，蹲在母親消滅後留下的痕跡旁。

「媽媽她人呢！」

「那還用說。」

老師手指一比。

他指著骸王的屍體。

「這是她的身體。在確定誰才是主體前兩者都能存在，一旦確定之後，模擬的贗品便只有消失一途。這類似於分身體。啊，費南德祭司的死亡，應該也是他碰巧發現了自己的屍體吧。」

這是怎麼回事？

我完全聽不懂老師的話。

然而，唯有心臟跳得厲害。自從他摘下那副面具開始，這顆心臟一直在訴說著什麼。

「艾梅洛II世！」

那聲吶喊來自村民之間——擔任首領的老婦人。

「你到底做了什麼事！」

她的叫聲與其說是質問，更近乎哀求。

老婦人跟我一樣難以接受眼前發生的情況。不過，她還得背負超越千年之久的歲月重量。

面對她的質問，老師從懷中取出雪茄盒。

戰鬥到現在都還沒結束，但他打了響指替雪茄點火，叼在嘴邊。

這絕非在展現他的從容不迫。那個動作對於老師來說一定是種開關吧，我用依然麻痺的大腦呆滯地想。用來掩蓋本來的特質，啟動作為鐘塔君主「艾梅洛閣下II世」功能的開關。

「很遺憾的是，我沒有做任何事。我什麼都辦不到，只是從留下的線索做了預測而已。」

聽到老師隨著煙霧吐出的話語，我也不禁回頭。

老婦人也不可能接受那種說法，用同樣的話反問。

「你說你預料到了？」

「你們說格蕾是亞瑟王的肉體吧。這代表，你們知道骸王是亞瑟王的精神，也很清楚還欠缺靈魂，在這個前提上企圖在此處融合兩個因素。可是，那個儀式已經遭到扭曲。」

每個人都大受打擊。

沒有受到衝擊的──至少看起來是這樣──頂多只有缺乏這種功能的托利姆瑪鎢與骸骨兵以及無從判別表情的騎士。

其他人都像專注聆聽偵探推理的嫌疑犯般，震驚得連一根手指都動不了。老師的發言與骸王面具底下的臉孔，就是具備如此重大的意義。

「你說儀式……遭到扭曲……」

老婦人的聲音是何等迫切。

她說不定為此奉獻了人生。不只她而已，她的眾多追隨者們都將人生投注在這一點上。那股執念、那股熱情、那股憧憬、那段歷史、那個傳統，曾有多少生命把儀式放在自己的夢想之前呢？

此刻，我們聽見摧毀那一切的結果。

「骸王原本應和凱爵士一樣沒有臉孔。只有精神的骸王，跟凱爵士一樣不完整。」

騎士朦朧的臉龐也是一種必然嗎？

騎士默默地聽著老師發言，既未否定也未同意。

「所以，這座村莊裡應該也傳下了融合這些因素的儀式。特別是從像格蕾一樣具備原有精神與靈魂的肉體上，剝除兩者的禮裝或術式。」

老師撿起落在腳邊的短劍。

那把短劍曾是禮裝嗎？

老師瞇起眼眸觀察了一會兒，然後繼續道。

「不過，這時候有人插手了。暫時定義此人為『他』吧。『他』從以前起就盯上這座村莊，是一名熟知肉體、精神與靈魂三因素的魔術師。」

我不必問也知道那個人是誰。

哈特雷斯博士。身為現代魔術科的前任學部長，其知識水準應該可以打包票。

「『他』多半教唆了一位村民。」

嚓嚓、嚓嚓，空間中再度掠過異常的雜訊。

頻率與範圍顯然正在擴大，但除了我們以外沒有人發現。這種異狀會加劇到什麼程度？不，或許沒有限度，雜訊將擴散到覆蓋世界的一切為止。

「……老師……雜訊正在蔓延。」

「答案就在前方。」

我聽見他略帶緊張的聲音。

一滴汗水流過老師的太陽穴。老師也不認為狀況平穩無事。相反的，我感覺他將一切都賭在這個時機上。

——「你最好探索非屬真實的虛構。追尋你應當解開的虛構謎團吧。那正是你抵達出口的唯一方法，艾梅洛閣下Ⅱ世。」

翠皮亞留下的的謎題。

我不知為何得以確信，老師正在挑戰解謎。

「那時候，『他』需要一個村莊的合作者。村莊裡本來就設置了好幾種魔術警報。哪怕是『他』，應該也很難騙過所有警報取得消息。尋找合作者可說是自然的結果。」

老師說過，哈特雷斯的行動總是讓案件被不為人知地處理掉。從這樣的角度來看，他或許也很習慣暗中找出合作者。

「這使他取得村中術式的相關線索。提供消息的人，則從他那裡得到干預亞瑟王復活儀式的手段。」

老師的話，讓老婦人的眉頭皺得更緊。

「那你的意思是說，提供消息的人是瑪格達萊娜？」

「除此之外別無他人。」

聽到老師這麼斷言，老婦人的太陽穴冒出青筋。

「不過，瑪格達萊娜根本不是魔術師。她和格蕾不同，是未能完全化為亞瑟王肉體的失敗品！只是得到一點外部魔術師的助力，那種人要怎樣才能干預儀式術式！」

「她本來就有干預儀式核心人物的重大手段。」

「……你是指格蕾？」

老師的目光從皺眉的老婦人轉向我。

「……格蕾，我是不是在妳在場時談論過，不只凝聚魔力、驅動術式的行為，飲食與睡眠，有時連排便都包含在內，生活的一舉一動都跟魔術等神祕相連？。」

我想起來了。

在雙貌塔的時候。

我不是也一度回憶起這件事嗎？

——自父親去世後，母親更加熱切地投入對我的生活管理，睡眠及禮拜不用多說，她還開始注意我進食的順序及穿衣的方式，周遭眾人的態度也自然而然受到她的影響。

老師從前不是說過，這樣的生活也是某種魔術儀式嗎？

從名為生活的小宇宙（Mikrokosmos），呼應實際改變世界的大宇宙（Makrokosmos），那正是真正的魔術之一。藉由將地脈的流動與行星的運行都納入渺小的人類體內，使偉大神祕化為可能。

「妳母親的基因本來就與亞瑟王相近。她是妳的母親，這座村莊又一直在培育這種基因，所以當然會如此。對了，總之這座村莊本身應該處於促使這種基因活化的術式影響之下。

因此，他教她的干預術式的方法本身很單純。將第一個成品，跟村莊術式親和性最高的妳的波長與她的波長同調，藉此建立足以直接干預術式的路徑（Path）。」

「與我……同調……？」

「沒錯。她全面參與妳的飲食、妳的睡眠、妳生活中的一切，巧妙地讓妳跟她的波長同調，同時利用那個波長干預了村莊的術式。」

費拉特的做法大概很接近這個方法。

對魔術的干涉。從技術方面來說，還要更高等嗎？

「雖然我說方法本身很單純，但實踐起來當然不簡單。倒不如說，那應是困難又需要毅力的行為，連真正的魔術師都會受不了。為了讓已經變異的女兒與自己波長相合，不容發生一點失誤。在飲食上，幾公克的變化也會影響術式的精密度，連咀嚼時間及次數都必須詳加管理，更何況還得每天持續進行。既然不能說出內情請對方協助，想必需要有強韌到令人恐懼的精神力。」

「……………」

我的身體微微發抖。

老師的話從左耳進右耳出，我的大腦無法好好理解話裡的意義。明明無法理解，我卻明白那是無可救藥的真相。至今對母親懷抱的想法，隨著剝開皮膚般的疼痛逐漸反轉。

「可是，她成功了，她卻成功了。接下來則按照哈特雷斯寫在親和圖上的術式進行。雖然術式極為複雜，只要同調成功了，實行本身並不難。

結果，狀態不穩定的亞瑟王的精神接收了兩組參數。作為亞瑟王的精神的參數，還有妳母親的參數。浮現於表意識的當然是亞瑟王，但妳母親與之近似的參數也潛伏在潛意識裡。骸王本身恐怕是在最後關頭才發覺的。」

哈特雷斯最後接近村莊，是為了實行那個術式嗎？

老師舉起方才撿起的古老短劍，詢問老婦人。

「這把短劍是儀式所須的禮裝嗎？」

「……正是如此。將靈魂與精神剝離肉體的禮裝，侵刃黃金。」

「那麼，答案很簡單。瑪格達萊娜在第一輪搶先趕到這裡，代替女兒將短劍刺入身軀，留下剝離精神與靈魂後的肉體，狀態不穩定的亞瑟王的精神被拖進那具肉體裡……只是，瑪格達萊娜在動手前先用普通小刀刺向了胸膛。當被拖進去的肉體已經死亡，縱使是亞瑟王也無計可施，只能就這麼死去。」

「……什……」

老婦人就此啞口無言。周遭的村民們不知道聽懂了多少內容，僅僅和老婦人一起動搖不已。因為他們不可能理解第一輪與第二輪這種概念，這是當然的反應。

不，其實我已經難以辨識他們的表情。

嚓嚓嚓、嚓嚓嚓……因為世界著火的聲響已大到成了噪音。不僅如此，掠過沼澤與神殿的裂痕，如今也掠過數名村民的身軀。

「格蕾，妳也看到那個雜訊了吧？」

「……是、是的。」

老師小聲地偷偷發問，我點點頭。

「如果阿特拉斯院的院長在場，他會說這是舞臺察覺了矛盾吧。一旦承受不了矛盾，演算也不再有意義。因為地基崩塌，只能從頭來過。所以，我們必須在崩潰前抵達這裡。

啊，這個重現做得真是十分精巧。就連我都有好幾次不禁思考這是不是過去本身。不過，果然不一樣。既然並非過去本身，總會有難以掩蓋的部分。在這個情況下，就是死亡。」

「……無法掩蓋，死亡……」

在第一輪，費南德祭司死亡。

在第一輪，骸王——或者說給予她肉體的母親死亡。

意思是說唯獨那個時刻與事實，就算是重現也無法掩蓋嗎？因此費南德祭司的屍體才會突兀地出現，骸王才在得到母親的肉體後死亡。或許在瀕死之際，每個人都曾目睹自己的分身體。

「那麼，進入結論吧。」

老師的語氣強硬了幾分。

「方才我也提到，本來，單獨的精神在現實世界無法保持那麼久的原形。凱爵士得以維持形體，是因為有作為主體的亞德在，而且正常來想也維持不了一整天……然而，骸王卻說她是在十年前醒來，跟格蕾開始轉變為亞瑟王肉體的時期相同。」

老師說到此處，停頓了一下，目光掃向旁邊。

「那麼，妳是如何維持存在的？」

「…………」

「……喂，這是怎麼回事？」

看到新登場的人物，騎士（凱爵士）喊道。

不知不覺間，骸王的屍體——應該是屍體的物體站了起來。

不過，那真的是跟以前一樣的骸王嗎？

她靜靜垂首的身影感覺不出任何生機。明明應該與母親相貌相同，五官明明沒有任何改變，但我實在不覺得那是同一張臉。

應該已經遇害的被害者還活著……也像是推理（Mystery）小說常見的一幕，但情況顯然與那種橋段完全不同。

「骸王——不，這個名字不再適合妳。重新啟動的妳既非瑪格達萊娜，也非亞瑟王的精神，而是大量吸取地下的大源，從事演算的主體。」

老師一語道破。

「妳是理法反應。」

阿特拉斯院的七大兵器。

沒想到那名稱會在此出現，應該繼承了亞德記憶的騎士（凱爵士）也難掩動搖。

「啊？那什麼阿特拉斯院的兵器居然是人？」

「有些差異。準確來說，她是理法反應自身在這個世界中的化身（Avatar）。」

老師瞪視著佇立之物說道。

「原來如此，阿特拉斯院的七大兵器，能力是足以複製亞瑟王的精神。那種程度的事情，憑非兵器原先功能的多餘性能應該也做得到。畢竟是為了拯救人類免於滅亡而製造出來，結果卻會導致世界毀滅之物。」

「…………」

骸王……曾是骸王之物並未開口。

不知不覺間，她的臉龐變得和騎士（凱爵士）一樣朦朧，那副面容屬於亞瑟王的精神，還是理法反應的化身？

「對，這裡可不是過去，也不是輪迴（Loop）。正因為如此，重現只能持續到骸王之死確定的時機為止。把死當成起點與終點，宛如過去般反覆重演的世界是什麼，答案一目瞭然。」

他深吸一口氣。

「這裡是墳墓。」

老師告訴我們。

「這裡是墓地，是理法反應演算出來的最小死後世界！」

道破玄機的話聲傳遍神殿。

我也未能完全理解話中含意。但聲音響起後，雜訊就像回應一般越發加劇。

幾乎震耳欲聾。

雜訊也撕裂視野，沼澤、神殿和在場的村民們看來都只像一片破損不堪的景色。只要手指戳進那道缺口裡，是不是就會殺死所有一切？

「你在聽吧！」

老師吶喊。

他拉高嗓門，彷彿要將聲音傳到宇宙的另一頭。

「你在聽吧，阿特拉斯院！」

吶喊聲比嘈雜的雜訊更強而有力地穿透出去。

「我解開了謎團，現在夏天結束了！好了，現身吧，翠皮亞・艾爾多那・阿特拉希雅！」

我想正是那句話劈開了世界。

所有事物一瞬間消失無蹤。

沼澤、神殿、黑面聖母、老婦人、村民、貝爾薩克、伊露米亞都消失了。

接著——

在某種意義上與黎明相稱的那名男子宛如取下黑暗的面紗一般，自然至極地佇立著。

3

那是一片奇妙的空間。

許多水晶球飄浮在半空中，除此之外別無他物。空間呈現朦朧的昏暗，地面也傳來既非土壤、非金屬也非樹脂的不可思議觸感。

我壓抑著因為視野變化產生的驚慌，響亮的掌聲在空間裡迴響。

「恭喜，你找到了答案，艾梅洛閣下II世。」

閉著眼的男子佇立在那裡。

與其說他年齡不明，他更像是超越了那種概念的生物。不，稱之為生物或許也不正確。因為死徒這個名稱，取自於他們遠離生命活動的特質。

死之徒眾。

——「妳要殺的，只有那個。」

從前作為守墓人的貝爾薩克告訴我的話，是否適用於這個對象？死徒可以跟死靈相比嗎？

一切都從周遭消失。

從地底浮升的神殿、死去的骸王、貝爾薩克、伊露米亞、托利姆瑪鎢、包含姥姥在內的村民們——以及我的母親都消失了。

不，並未完全消失。

半空中的水晶球映出那些景象。

那些飄浮的水晶球，分別從略有差異的角度映出我們直到不久前的所在之處，而且映出的全體人物動作都軋然而止。看到那異樣的光景，讓我覺得至今經歷的苦難彷彿只是從電影中裁剪出的幾幕場景。

「唉，連我都被拖過來這邊了？因為主體是亞德，說來也是理所當然，不過你們要我做白工做過頭了吧？這工作量放在從前，都可以換到一塊領地嘍。啊，不，拿到那種玩意兒，我也只會沒時間追在女人背後跑而已。」

騎士（凱爵士）不耐煩地抱怨個沒完，看到他還在，我忍不住鬆了口氣，握緊大鐮刀。

至於老師。

他一直盯著眼前的對手不放。

「……翠皮亞．艾爾多那．阿特拉希雅。這代表我剛剛的回答，是你提出的謎題的正確答案嗎？」

「這麼想不成問題。」

翠皮亞悠然頷首。

「用現代說法，可以說是遊戲破關嗎？你接觸了理法反應，解開其製造的謎團，主動讓那個世界排出你們，表現很精彩。啊，姑且不論作為理法反應主體的骸王，若將已解開世界結構的外部人類納入重現，會產生悖論。」

「……所以，你也不在那個世界中。」

「原則上正是如此。」

翠皮亞承認道。

我聽著兩人交談，自旁邊低聲開口。

「老師，托利姆瑪鎢小姐呢……」

「那個托利姆瑪鎢只是理法反應將萊涅絲第一輪留下的托利姆瑪鎢重新演算後的產物。現實中的托利姆瑪鎢現在應該在照料萊涅絲，沖泡紅茶吧。」

老師的答覆讓我鬆了口氣。

那貝爾薩克跟伊露米亞的情況如何？本來在我們抵達村莊時，眾人的身影已經消失無蹤。

而且，老師提到的「已在第一輪死亡」的費南德祭司與母親呢……

當我思索著這些事時，腳步聲響起。

「教授！」

「老師！」

兩位金髮少年異口同聲地呼喚，奔向我們。

是費拉特與史賓。

「我就覺得教授辦得到！」

「費拉特，你很囉嗦耶！老師根本不可能犯錯吧！擔心這種事本身就很失禮！就算沒有你多管閒事，老師一定也能完美地突破這點小問題！」

「啊！不過提議我們必須幫助教授的人是狗狗你吧！還露出像下雨天被拋棄的小狗般的表情！」

「老、老師教導我們魔術師要隨時做好第二手準備，我只是照做而已！而且這跟表情無關！」

看著兩人吵吵嚷嚷地開始鬥嘴，翠皮亞若無其事地開口。

「看來你有兩個好學生，真令人羨慕。」

「是呀，我也有同感。」

老師泰然自若地說。

這就是在場的所有人。

老師、我、騎士(凱爵士)與兩名少年。

還有翠皮亞。

「那麼，作為找到答案之人的權利，你想要求我提供什麼呢，艾梅洛閣下II世？例如哈特雷斯的下落？還是說，希望我揭露阿特拉斯院對聖杯戰爭所知的知識？」

翠皮亞詢問。

將我們送進第二輪的阿特拉斯院院長，說話的口吻彷彿打從心底祝福我們一般，甚至帶著溫柔。

可是——

「……不。」

老師否定道。

「我還沒找到任何東西。我應該找到的謎團在更前方。翠皮亞・艾爾多那・阿特拉希雅，古老而偉大的阿特拉斯院王者啊。」

✦ 第五章 ✦

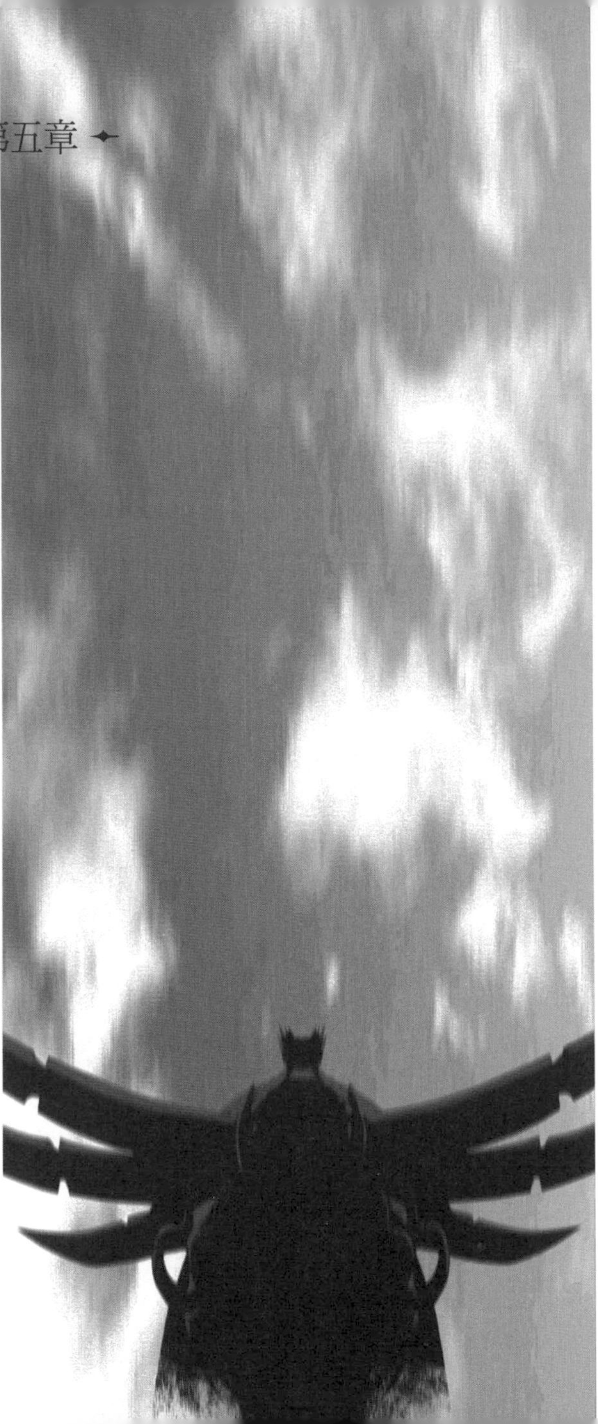

1

空氣彷彿瞬間變質了。

我甚至有種老師與翠皮亞之間正發出傾軋聲的錯覺。

「……哦。」

騎士（凱爵士）覺得有意思地低語。

喉嚨好痛。

這股刺痛是緊張造成的。

老師罕見地露出了好戰的表情。他平常明明那般謹慎，甚至顯得膽小，碰到急如星火的局面時，反倒會做出挑釁的言行。

例如，對上那位冠位人偶師的時候。

與現代魔術科前任學部長哈特雷斯為敵時也是如此。

為了動搖對手、為了查探情況不得不賭一把，那的確也是一方面的原因吧。不過，並非僅止於此。本人搞不好會那麼解釋，但那絕非全部。

那一定……也是老師本來的模樣。

亂來又魯莽，不瞻前顧後又血氣方剛，我不由得將那樣的年輕魔術師身姿重疊在老師身上。我明明不知道當時的老師是什麼樣子，卻忍不住去想像。想像在第四次聖杯戰爭中，與伊肯達這位英靈同在的老師的背影。

想像那段以老師而言的青春。

翠皮亞停頓一會兒後，重新尋問。

「……你說，謎題在更前方？」

「正是如此。」

老師斷然回答。

「我沒有在玩文字遊戲，光是說出那個第二輪並非過去而是墳墓又有什麼意義？本質還在更前方。對，既然那是墳墓，那麼是誰的墳墓這一點才重要吧。」

翠皮亞看起來有一瞬間僵住了。

這或許是我的錯覺。

不過，老師就像逮著機會般這麼往下說。

「然而，你為何匆匆提及我們的權利？」

「有那麼不可思議嗎？」

「是的。因為你不會做不必要的事。雖然你會談論我們無法理解的話題，但那純粹是我們現在的器量不足以接納那些訊息罷了。這樣的你為何待在這座村莊？」

「很奇怪嗎？」

「我從之前開始就覺得奇怪。正如你以前所言，憑藉阿特拉斯院的技術，無論身在世界上任何地方都能下達指示。而且，姑且不論其他成員，身為院長的你沒必要遵守阿特拉斯院的規則閉門不出。」

他複述翠皮亞本人以前說過的話。

「然而，那不是你刻意前來這座村莊的理由。」

（……啊。）

的確，做得到不代表有理由要做。

假設村莊裡真的收藏了七大兵器之一，也不是院長在這樣的時機親自出馬的理由吧。更何況，從我在第一輪離開故鄉後大約經過了半年，我不認為他有必要在村莊附近逗留那麼久。

「不，這次的案件本身就太繞圈子了。真的是你把我們送進第二輪的嗎？」

我回想起被送進第二輪前的經過。

我們重返我的故鄉尋找哈特雷斯的線索，在空無一人的村莊裡遇見翠皮亞。

——「啊，啟動了。這座村莊裡，有阿特拉斯的兵器。」

——「阿特拉斯的七大兵器，其性質為重演，對我來說也非常熟悉。雖然並無正式名稱，但我們稱它為理法反應等等。」

那段發言只是說明。

如今想想，他是不是在我們陷入第二輪前幫我們做好了最低限度的準備？

「那不是你本身的行為，你只不過是知道事情會那樣發展而已。」

「……原來如此。」

「不過，光用這件事來歸納結論，你多半不會承認吧。所以，請容我先針對第一輪做個整理——凱爵士。」

「哎呀，居然在這時叫我啊？」

對於老師的話，騎士（凱爵士）動作刻意地聳了聳肩。

「沒想到在魔術師無趣的對談中會叫到我。就算現在也不遲，要是可能的話，我很想快點閃人，不過你到底有什麼事？」

「雖然應該沒錯，為了慎重起見我想做個確認。你繼承了亞德的記憶吧。」

「嗯，算是吧。因為這個緣故，我跟生前的我有些差異。」

「那麼在第一輪的第三天，你還記得我與格蕾見面後，費南德祭司在做什麼嗎？」

「……唔。」

騎士撫摸下巴如此說道。

「費南德祭司嗎，我記得黃昏時遇見過他。然後，我——不如說亞德與格蕾和平常一樣就寢了。唉，那份和平常一樣的晚餐裡應該摻了安眠藥吧。」

「這樣的話，在我們並未插手的第一輪裡，那座神殿果然也按照原本的機制浮升，骸王與骸骨兵都來到了地上吧。費南德祭司應該是在此時交戰身亡的。」

貝爾薩克看到的屍體是這麼一回事嗎？

當時的費南德祭司恐怕不像第二輪時那麼小心。

在第二輪中，他們之所以也進入地下空間與骸王交手，是我們的行動成了契機。否則的話，就算他們感應到異狀前往沼澤監視，也想像不到竟然會出現那種怪物。結果，就算他遭到在地底能夠應付的骸骨兵殺害，也不足為奇。

「從伊露米亞修女的屍體不在附近來看，她或許沒有在搏鬥中喪命，但無論如何，她未能阻止骸王與村民們接觸。」

老師逐一解開當時的事實。

當時老師沒有發現，教會方面則察覺了異狀，一方面是因為老師的感應能力低落，但平時的準備果然影響很大。他們原本為了監視村莊派來的人才，身上應該也加上了監視所需要的機制。

「其餘的真相，如同我先前所說過的。格蕾的母親在化為亞瑟王的精神——骸王的肉體前一刻自殺了，骸王也被她的死亡所影響，只是這樣而已。她大概比村民們更早趕到，將妳藏在附近後，動手實行並戴上了那副面具。雖然我不知道那副面具是骸王的東西還是她事先製作的偽裝。」

信仰亞瑟王的村民與老婦人，連想都沒想過要摘下那副面具。

「在動手前，令堂大概跟貝爾薩克商量過某些事，使得他成功帶走被藏匿的妳。話雖如此，從狀況來看，當時的貝爾薩克應該也不知道詳細情況。她透露的內容只有『協助我救出格蕾』而已嗎？」

就這樣，貝爾薩克把我託付給老師。

後來的經過正如我們所知道的。

前往倫敦後，我花了一段時間振作起來，與老師及艾梅洛教室的同學共度時光，並參與了幾起案件。

「……媽……媽……」

我感到胸口狠狠抽緊。

方才聽見母親是凶手時，我也忍受不了自己以前所知的事實反轉的感覺，當老師重新理出真相，我的心臟像在燃燒般一樣痛。

「……妳為什麼，要做那種事……」

Whydunit。

為什麼會發生那種事？她毫無意義地捨棄了性命嗎？她不也是強烈盼望亞瑟王復活的

村民之一嗎？

「那還用說。」

對於我的疑惑……

老師回以我所知範圍內最陳腔濫調的——我怎麼樣也想不出的答案。

「因為她愛妳，格蕾。」

一派理所當然地……

老師提出我應該絕不可能得到的事物。

不，那也是謊言。

在我的相貌變成這張臉之前，我應該曾知道的。

世界曾經明亮，星星曾經閃爍光芒，小鳥的啼叫聲悅耳，我們應該相視而笑過無數次。為何我會試圖遺忘那一切？不管再怎麼否定，那些記憶明明都不會從我的內在消失。

而且，即使我遺忘了，母親也並未遺忘。

她一直都沒有忘記。

「明明只有我……必須要理解媽媽的理由才對……」

「同時，令堂唯獨不能讓妳察覺計畫。」

老師說道。

「只要妳一察覺，村民們立刻就會藉由妳的態度發現異狀，視情況而定，他們也可能會搶走妳。正因為如此，令堂假裝她是全村最熱切崇拜妳的人，若不這麼做，將精神和靈魂剝離肉體的禮裝也不會交給她保管。正因為如此，她必須是全村最狂熱的信徒，狂熱到連擔任村長的老婦人都沒起過一絲疑心的程度。」

一段實在太過漫長的偽裝過程。

要有多堅定的決心才做得到這種事？要下多大的覺悟，才能撐過那種時光？就連現在的我也想像不出那麼沉重的時間分量。

「所以，我們非得知道理由不可。」

老師的聲音並不溫柔。

在指出嚴酷的真相時，人的聲音不會只是溫柔的。正因為要強迫對方接受真相，聲調才會帶著無可救藥的殘忍。

此刻的老師就是這樣。

「否則就會錯過重要的事物。這一點對於你而言也一樣，翠皮亞。」

他說完後，重新面向阿特拉斯院的鍊金術師。

「你想說我也有這樣的理由？」

「當然了。」

老師頷首。

「那麼，是基於什麼道理呢？」

「答案只有一個吧。」

接著，老師這樣往下說。

「阿特拉斯的契約。」

我感到背後的史賓在一瞬間渾身僵住。

身為資優生的他應該耳聞過，或是與翠皮亞談論過相關話題。我也回憶起以前遇見翠皮亞時，他與老師之間的對話。

——「你是指那七份相傳散落於世界各地的契約書？」

——「沒錯，七份契約書。只要有人發動契約，阿特拉斯院就必須提供協助。」

「阿特拉斯院留下的七份契約書。你以前也說過，阿特拉斯院必須為基於契約書訂下的契約提供協助。你會採取這種繞圈子又沒效率的做法，唯一的可能是為了不牴觸這份契約。」

「為了不牴觸？」

當我低語，老師微微頷首。

「如果契約有某種目的，那就與繞圈子的做法完全相反。只要以最短距離、最快速度達成就行了。只是要驅逐我們的話，憑阿特拉斯院的力量也不難做到。可是翠皮亞沒有那樣做，代表他不想與我們為敵，卻處於無法單純提供協助的狀況中……所以，他經過無止境的計算，以最低限度的接觸與對話誘導我們，讓我們的行動碰巧符合他的目的。」

「……唔。」

翠皮亞挑起一邊眉頭。

「這難以稱作推理啊。在推測上疊加更多推測並非上策，以劇本來說水準下滑嘍？」

「很遺憾的是，我不是偵探……不過，這次有一個間接證據。」

「間接證據？」

「我說過了吧，那是誰的墳墓？」

老師回到原先的話題上。

明明一度轉變成了截然不同的話題，卻突然返回核心——儘管不知道他是否有意而為，但這是老師擅長的模式。

「至於答案已經決定了。只要思考那個空間是在什麼人的死亡確定的階段掠過雜訊，答案即一目瞭然。那是骸王的墳墓，是格蕾母親的墳墓，是理法反應的墳墓。」

老師彷彿緩緩逼近獵物般說道。

「啊，理法反應當然不可能死亡。道具乃是道具，沒有生命。雖然各地都有與泛靈論相關的宗教習慣，例如保存滿百年的道具會化為妖怪，要先燒掉那種道具來避免等等，但那跟我現在所談論的不一樣。」

「…………」

「因為重現骸王──亞瑟王的精神的就是理法反應吧。即使格蕾的母親與骸王合而為一，那也沒有改變。而骸王的死，帶給理法反應與平常不同的資訊。」

老師對依舊沉默的翠皮亞淡淡地說下去。

「總之，理應絕不會死亡的理法反應接收了『死』這個訊息。」

對無死亡概念之物賦予死亡。

那個地方發生過那種怪異的現象嗎？

「由於是道具，理法反應本不會死亡。明明不會死亡卻死去了，那個矛盾對那件兵器造成了無法承受的負荷。從人類的立場來看，它把幾乎可視為無限的計算能力用在查明矛盾上，同時甚至連計算能力也在持續死去。等在最後的是什麼呢？沒錯，據說阿特拉斯院的七大兵器每一件都足以毀滅人類。當理法反應故障，結果會如何？」

那番話令我眨了眨眼。

我的想像力完全跟不上內容。只是，這對魔術師而言可能是十分重要的事。史賓不用多說，連費拉特都像意外挖到寶，找到好遊戲般，「哇啊～」驚呼一聲摀住嘴巴，唯有騎士(凱爵士)不耐煩地忍住打呵欠的衝動。

不。

我也想到了一個線索。

「……那麼，在我們回村時，大家之所以消失……」

「假定他們遭到理法反應的故障波及，是合理的解釋。」

對於老師的回答，我吞了口口水。

據說足以毀滅人類的兵器故障了。那麼，那種現象僅止於一個村莊的範圍才算是僥倖吧？

「……所以，你才孤身一人監看這座村莊吧。」

老師告訴翠皮亞。

「咦？」

我不禁愣愣地喊出聲，老師不在意地往下說。

「說不定，是孤身一人守護了世界。當然是這樣了，因為在作為鍊金術師翠皮亞，還有作為強大的死徒之前，你首先是阿特拉斯院的院長。怎麼樣？既然我追查到這個地步，承認我的推論應該不算違反契約才對？」

「……很好，艾梅洛閣下II世，你真的很有趣。」

翠皮亞依然閉著眼，他抖動肩膀低聲發笑。

「如同你的推測，阿特拉斯院根據契約借出了理法反應。在直到亞瑟王復活為止的契約期限結束，或目標變得不可能達成之前，我方可以監視，但不能插手，就算發生故障也一樣。」

啊啊，這也是Whydunit。為何他必須這麼做？為何必須孤身一人在這座村莊裡等待？是只要追蹤因果關係必然會抵達的終點。

不過，這樣不對勁。

不合理。

「……你為什麼要那樣做？監視理法反應不在契約之內吧？」

我也忍不住發問。

本來覺得即使遭到忽視也無可奈何，但翠皮亞有禮地回答。

「妳的老師說過吧，因為那是阿特拉斯院的義務。我們要求自己承擔維持人類的義務，讓人類盡可能走得更遠，盡可能前往遠方。本院的鍊金術師們正是為了這個目標，數千年來不斷地奉獻自己。」

翠皮亞的言語十分真摯。

與鐘塔同樣是魔術協會，卻完全不同。秉持無限度個人主義的鐘塔；宛如捨棄個人欲求的阿特拉斯院。作為人類，哪一種才是正確？同時，他對於契約的判斷，與其說是人類更像機械，讓我感到恐懼不已。

「依照這次的情況，我們在可以判斷契約不可能達成時才能插手。在那之前……我想想，威爾斯大約一半的土地都會面臨同樣的橫禍吧。準確地見證那個時機到來就是我監視的目的。」

他輕描淡寫地說出這種話。

如同先前的印象，翠皮亞的判斷不包含任何類似感情的成分。宛如鋼鐵般冰冷甚至空虛的裁決以人的形體呈現出來。

「……你的意思是，應該破壞理法反應？」

「不，我沒有那麼說，在契約上也沒有權利說出口。只是針對你的推測，確認理所當然的事實而已，君主。就算區區威爾斯消失了，我也無所謂。無論人類的抑止力或星球的抑止力，都不會為那種程度的狀況發生作用。」

翠皮亞在此時突然打住話頭，仰望天空。

說歸這麼說，這片空間沒有真正的天空，只有乳白色的朦朧頂篷無盡地擴展開來。

那個頂篷啪嚓一聲出現了裂痕。

「咦？」

不是那種雜訊，但屬於同質的聲響。

可是，那個聲音為何會在並非第二輪的這片空間裡響起？

「——非常抱歉，我必須警告你們。」

翠皮亞再次開口。

「現在也還處於故障狀態的理法反應，似乎正在施加干涉，以從另一頭入侵這裡。」

「從另一頭過來？」

「這裡是不明確的領域，理法反應至今不曾積極地展開行動。不過，她——如今成為她的它，看來比我預料中的對你們更加執著。這也是同一化的對象帶來的影響嗎？」

翠皮亞就像在談論某種研究結果般淡淡地說。

「對了，如果覺得討人厭的劇本家將你玩弄於鼓掌之間，那就回去吧。你解開了謎題，我會開門送你們歸返。需要的話，我也會按照先前所言，揭示你喜歡的知識。我能夠爭取時間避免你們被它的故障波及，災害範圍也不可能擴散到鐘塔的所在地倫敦。」

「關於另一個辦法呢？」

「……你是指什麼？」

翠皮亞慢了一秒後回答，老師朝他微微眯起眼眸。

「這表示提及那個部分會牴觸契約嗎？我想過會是這樣。如果那個辦法可能實行，你會明確地誘導我們干預理法反應而非設計成巧合。但反過來說，你沒有否定我的問題，代表並非不可能實行吧。」

老師說著轉向我。

「老師？」

「格蕾。」

他呼喚我的名字。

「在第二輪中，我說過這是妳的案件。所以，我想交給妳選擇。」

「是的。」

「抱歉，雖然誇下海口，但現在我基於自私的心態，想參與這起案件的結尾。作為魔術師與艾梅洛派的君主，這麼做明明不對，但我無法阻止自己去參與這個問題。」

「…………」

為什麼？

明明在這種迫在眉睫的關頭，我卻覺得很難為情。

「為什麼想參與呢？」

「我不能說。雖然不能說，但妳可願將性命託付給我？」

「……老師真是傻瓜，請別露出一副愧疚的樣子說那種話。」

我忍不住微笑。母親的事也好，理法反應的事也好，半個威爾斯將被同樣的橫禍波及的狀況也好，憑我的大腦終究難以接受。儘管感受到的衝擊不可能經過這麼點時間就冷卻，對我來說理所當然的答案還是脫口而出。

「因為我早已把性命託付給老師了。」

當我說出口後，旁邊的騎士暗叫糟糕似的摀住朦朧的臉。

正當他想插嘴之際，話聲又從背後傳來。

「我說，在這時候撤退就太扯了吧，教授！」

費拉特蹦蹦跳跳，開心地高舉拳頭。

「因為遊戲還沒破關啊！不管怎麼看，這都是隱藏頭目登場了吧！難得都找出來了，怎麼能跳過不打呢！」

「我會遵照老師跟格蕾妹……格蕾小姐的意思。」

史賓清清喉嚨說道。

「而且，老師說過這次要借助我們的力量。對於請求幫忙的一方來說，不讓我們好好地幫到底可是違反契約的喔。」

「你記得啊。」

老師神情苦澀地露出淺笑。

面對這些，騎士（凱爵士）這次總算猛烈地抗議。

「喂喂喂，你們是群笨蛋嗎！我看你們不但個個腦子燒壞，還猛灌了一堆巨人喝的烈酒吧？對方都特地表明你們可以離開，之前又慘兮兮地吃苦受罪，你們還打算引火燒身？又不是哪個給她放棄的機會還拔起選王之劍的鄉下丫頭，主動跳進無聊的地獄裡這種蠢事我可不幹。」

「可是，凱爵士會陪我們去吧。」

當我忍不住脫口而出，騎士自喉嚨發出低吼。

「……妳為何這麼認為？」

「因為，你同時也是亞德。」

「……應該說，既然妳拿著作為主體的大鐮刀（亞德），我根本跑不掉。要是覺得對我過意不去就蹺頭閃人啊，但妳不會對吧。」

「嗯。」

在我頷首後，騎士打從心底感到沮喪地垂下頭。

確認他的反應後，老師向翠皮亞提議。

「好吧，我們替你阻止故障的理法反應。」

「你是認真的？」

翠皮亞皺起眉頭。

「當然了。基本上，你不是也演算到這個回答了嗎？」

「我當然算到過。」

翠皮亞同意老師的話。

「雖然可能性不高，在你的選項中是有這個候補的，因為你至今行動的統計數據暗示了這樣的回答。正因為如此，我冒著違反契約的風險選擇接觸你們，但我還是不懂。」

阿特拉斯院的鍊金術師首度搖搖頭。

「那種選項為何有可能出現？憑你的智力，應該明白那是不合理的。你應該也很清楚理法反應的危險性。你總不會說出理由是想拯救威爾斯之類的戲言吧？」

或許是非常無法理解，翠皮亞饒舌地向老師說道。

「或者，是因為還有另一個辦法嗎？就算真的有那種東西，為了如同在假說之上疊加假說的模糊不合理選項，君主就要賭上性命嗎？不只你而已，還要賭上學生及寄宿弟子的性命。我記得依你的個性，不是甚至會避免學生參與自己的戰鬥嗎？」

「先前說過，我不是偵探。」

老師回應。

「我不認為排除不合理之後，最後會剩下真相，因為我是魔術師。而且，我從很久以前起就厭倦了所謂最佳或最適合的答案導向的結果。」

他表情極其認真地說出這種話。

無言以對的氣氛短暫浮現。

然後——

「哈哈哈哈哈哈哈哈哈哈哈！」

那回答讓鍊金術師笑了起來。

「你竟然說不欲排除不合理！你是笨蛋嗎是蠢蛋嗎是大笨鳥嗎！我還以為你會說出什麼，結果是那麼無聊又無意義的情節嗎！哪怕用上不老的魔術也難以存活短短三百年的傢伙，拋開最佳與最適合的答案，打算抵達何處？最後竟然還要用那麼薄弱的理由，靠這一丁點戰力面對故障的理法反應！」

他的口吻就像打從心底感到萬分可笑。

如先前的神殿一般，裂痕在空間裡增加的速度越來越快，鍊金術師的大笑聲仍洪亮地傳遍空間——他像這樣得出結論。

「這樣嗎，這個邏輯——很合理！」

「啥——！」

聽到那句臺詞，騎士（凱爵士）發出怪叫。

「對，沒錯。會厭倦吧。會厭煩吧。因此我才割捨了那種思想，停止了苦惱。不過，你說你要抱持那種思想前進對吧。原來如此，真是愚蠢。原來如此，真是無聊。原來如此，真是——」

翠皮亞說到此處，暫時打住。

「不，我已經決定僅僅當個關注者，再往下說就不識趣了。繼續談正事吧。你們要阻止理法反應也可以，只是像艾梅洛II世識破的一樣，我根據契約無法提供協助。」

鍊金術師靜靜地繼續道。

「即使如此，我至少能安排舞臺。雖然對雙方都不會帶來優勢，在心情上或許會輕鬆幾分。」

「多謝協助，不勝惶恐。」

當老師低頭致意，翠皮亞倏然舉手。

「來，重現落幕的時刻到了！」

他的手指描繪弧線。

某種事物的碎裂聲響起。

我們彷彿被一座先前肉眼看不見的冰宮包圍。

比搭乘電梯的飄浮感更強烈百倍的暈眩感襲來，翠皮亞又往下說。

「對了，告訴你一件事。啊，現在你已經決定參與，告訴你也不會牴觸契約。你估計得沒錯，艾梅洛II世，格蕾之母與費南德祭司的死尚未確定。」

「————！」

驚愕甚至沒有時間滲透腦海。

不成聲的「訊息」在我們的腦海中迴響。

——編碼：理法反應，非正規啟動。

——歪曲固定值：B。

——摘除期間：[redacted]

——Unlogos程式開始。開始轉換目標。

——全行程，完成（Clear）。阿特拉斯的人理繼續第五實驗開始。

＊

在鐘塔的魔術師們消失後，留下來的鍊金術師發出嘆息。

他必須盡力延遲故障引起的失控發生的時間。雖然他根據契約無法對理法反應本身出手，但改動周遭因素和間接誘導艾梅洛II世他們一樣，勉強在容許範圍內。

當然，第六號並列思考警告，這麼做嚴格來說有牴觸契約的風險，但他優先採用了第二號、第三號主張在容許範圍內的觀點。並列思考之間的矛盾導致性能略為降低，這也只能接受了。

像半年來一直做的那般，翠皮亞觸碰水晶球，不斷控制無數的參數。在某種意義上，那種技術遠比他和費拉特交手時的干涉對戰纖細得多。哪怕是阿特拉斯院的鍊金術師，若換成其他人，大概會被那沉重的負荷當場燒壞大腦。但若做不到這種程度的事，變成死徒就沒有價值可言。

他如往常般獨自舞動手指。

在半途中——

「原來如此，真是愚蠢。原來如此，真是無聊。」

形狀姣好的雙唇間發出宛如歌唱的言語。那是他方才笑著評價艾梅洛II世的臺詞。

這一次，他如此繼續道。

簡直像在時隔數十年後，再度與連長相都已遺忘的初戀情人重逢一樣。

「原來如此——真是教人鐘愛。」

2

風打在臉頰上。

季節不是第二輪的夏季，也不是現實中的冬季。

陰沉的烏雲覆蓋天空，許多石柱聳立在大地上，每根石柱上都刻著名字，宛如被遺忘的孩子般，在黑色的地面投下淡淡的影子。儘管規模遠比那座村莊裡的大得多，這種淤積的空氣與潮溼的土壤氣味仍讓我感到熟悉不已。

——墓地。

翠皮亞說他挑選了地點，是這個意思嗎？

這是母親的墳墓、骸王的墳墓、理法反應的墳墓。

不過，比起那個環境，我滿腦子都想著另一件事。

「老師！」

我自然地呼喚。

「那是怎麼回事？媽媽的死還有費南德祭司的死都尚未確定？」

「那只是個假說，而且害妳空歡喜一場很殘酷，因此我在那裡沒有說出來。哼，阿特拉斯院也是給了個意料之外的贈禮。」

老師臉上浮現苦笑，這麼補充。

「就是他所說的意思，令堂的死尚未確定。」

「……確定？」

「因為理法反應一直在持續地檢驗死亡，等於在場的死者尚未確定。理法反應恐怕是以假死狀態保存了那些村民們。我想過費南德祭司可能也一樣，沒想到會得到翠皮亞本人的認證。」

「……啊。」

我有種奇妙的心情。

我跟費南德祭司沒有交談過多少次。然而，他不把亞瑟王的影子重疊在我身上，在這層意義上讓我不可思議地得到了救贖，這也是事實。

「所以說，尚未確定。媽媽的死，還有費南德祭司的死都是。」

「……原來如此。魔術師真的老是在想些莫名其妙的事呢。」

聽著對話的騎士（凱爵士）搔搔頸後，同時開口。

「不過相當有趣就是了。然後呢，你打算怎麼做？你修得好那個叫什麼理法反應的報廢品嗎？不，憑你的能力不行吧。由你的學生來修嗎？」

「都不是，但我自有辦法。我之所以能把東西從第二輪裡帶出來，多半是這麼回事吧。」

老師回答他，從懷中取出彎曲的短劍。

侵刃黃金。

自母親的身軀剝離精神和靈魂的古老魔術禮裝。

「這裡一定也是理法反應演算的一部分。姑且不論人，那是能將身上攜帶的物品帶過來的原因。」

老師在此時停頓了一會兒，如此回答騎士的問題。

「我要用這件禮裝剝離死去的骸王的精神與理法反應。」

「————！」

我一瞬間感到困惑。

不過，或許確實有可能做到。

因為那正是侵刃黃金這個禮裝的用途。與死去的骸王連結，因此導致了故障的理法反應，在邏輯上當然也會復原。

單論邏輯的話。

我實在不知道這是否真的會修復它。即使替在狩獵時中箭的野獸拔出箭矢，傷口也不會就這麼痊癒，只是有了痊癒的可能性。

「如果……沒修復的話呢？」

「到時候就只有破壞一途了。」

老師暗藏決心的語氣，讓我吞了口口水。

無論如何，這無疑是個困難至極的任務。不用說救回母親和費南德祭司的生命，首先，我們是否能活下來都很難講。

「老師、格蕾小姐，好像過來了。」

史賓抽抽鼻子。

在墓地中央。

在相隔幾根石柱的約十幾公尺外，戴著那副金屬面具的女子現身了。

「我好像作了場夢。」

「……理法反應。」

女子摘下面具。

面具底下的臉龐不再是我的母親。

話雖如此，也並非與我相同。一張模糊不清，跟騎士一樣的臉孔。那多半才是原本的她。

「沒錯，我是這種事物。」

截然不同。

她與重現過的那段夏日中——以我們的體感時間來說，短短幾十分鐘前的骸王截然不同。

「沒錯，我是亞瑟王的精神，阿特拉斯院製造的兵器。」

就像終於察覺這件事般，女子高舉右手。

黑暗匯集在她手中。

凝聚的黑暗僅僅如此便構成形體。

「沒錯。這把『槍』也是先鋒之槍，同時是理法反應。」

揮起漆黑之「槍」，沒有臉孔的女子——理法反應斷言。

「喂喂喂，胡說八道也該有個限度。」

騎士低吼。

如果是不懂得如何因應的一般人，光是這股魔力之風颳至臉上，很可能就會因為神經系統受到干擾而昏迷。不僅如此，就像剛才「槍」的顯現一樣，理法反應周遭還組成了新的人形。

短短幾秒鐘後，兩個——眼熟的人影佇立在那裡。

「……貝爾薩克先生。」

我發出呢喃。

「……伊露米亞修女。」

而騎士（凱爵士）開口喚道。

兩人的身軀散發著摻雜殺氣的鬥志。

「原來如此，理法反應的能力可以再現被重現所吸收的人物？」

老師一邊冷靜地分析一邊說道。

這意思是說，人或物品都會根據理法反應的意志重組嗎？

「這樣的話，在第一輪跟我們一起回去的托利姆瑪鎢及翠皮亞，多半沒有被重組。這應該看成情況還算好的嗎？」

我沒有餘力聽完他的話。

我忍不住呼喊。

「貝爾薩克先生！」

「啊，格蕾。我就是我。」

貝爾薩克用一如往常的低沉嗓音回應。

那口吻與微微頷首的舉動就像是平常的守墓人。然而，我卻一點也沒辦法放心。

「不過，妳明白的吧？我的思考參數在重組時也被改動過了。不管內情如何，現在的我一心想要殺妳。」

「……貝爾薩克先生。」

我感到難以呼吸，布拉克摩爾的守墓人為難地笑了。

「盡情戰鬥吧。我是經過重組的複製品(Replica)沒錯。」

颼！斧頭直接向我揮來。

只是從正面以大鐮刀格擋巨斧，一陣衝擊就竄過全身。我第一次發現，他在多達數百次的反覆訓練中對我是多麼手下留情。

「來，讓我瞧瞧妳的全力！」

隨著一聲怒吼，靈體烏鴉從貝爾薩克手上起飛。

我被強行逐步拖進戰鬥之中。

＊

伊露米亞修女與騎士（凱爵士）也同樣面對面。

「那麼，妳也一樣嗎？我不喜歡對女性動手就是了。」

「是嗎？我很喜歡對男性動手喔。對付可愛的女孩子，我總會忍不住感到苦惱，但那樣也有那樣的樂趣。符合我喜好的臉蛋表情扭曲的場面，教人好想一看再看。」

伊露米亞修女揚起嘴角。

在身側舉起的護手甲──灰鎖散發紫電。飽經鍛鍊的代行者沐浴神祕的光芒，顯得越發嬌豔。

「嗯。現在的我知道，你是以古代騎士為模型的精神複製品，也知道你的主體是基於什麼意圖製作的。」

從她受過訓練的肢體甚至無法察覺動作的開端。

騎士勉強閃避伊露米亞凌厲的重擊。

只看運動能力，是修女占上風嗎？

雖然由亞德賦予形體，但騎士的靈基不穩定，也並未得到超越人類的體能，他與作為使役者受到召喚的凱爵士果然有很大的差異吧。

「嘖——！」

騎士覺得棘手似的咂嘴。

想以「槍」的威力壓倒對手的骸王還比較適合他的打法。修女透過速度與技術果斷先發制人的戰術，與他一路糾纏不休作虛弄假的戰術不合，使他被迫陷入苦戰。

「來，讓我見識見識騎士的打法！跟我對打！遵行主的旨意，激發我的鬥志吧！」

伊露米亞修女笑著雙拳互擊，向騎士迸發強烈的紫電。

騎士鑽過紫電的縫隙之間，一臉厭煩地拔出劍。

＊

不只如此，聳立的石柱附近產生了大量的人影。

那些人的身體由水晶組成。

這些水晶人原本的素材多半是村民們，但似乎已被剝奪了意志。大概是因為要動員不曾接受專業訓練的他們投入戰鬥，用這種形式比較方便吧。用水晶組成身體也是出於相同的原因嗎？

人群如喪屍般聚集起來，撲向這邊。

「哇哇哇哇，大家在購物中心聚集就夠了啦！」

對此，費拉特的手指在半空中描繪圖樣。

圖樣化為冰棘，當場纏住人群的腳，這證明少年的魔術絕非只有干涉一種。費拉特自豪地挺起胸膛，閉上一隻眼睛。

「艾梅洛教室……參……戰！這種感覺如何！狗狗？」

「別把我跟你相提並論！」

他的同學史賓也精煉起自身的精氣。

魔力化為肉眼看可見的野狼外殼，包覆他的身軀。

他用力伸直脖子，自喉頭釋放魔力，用獸性魔術的咆哮打倒其餘的水晶人。

「老師，看情況可以一口氣……」

「不。」

艾梅洛II世搖搖頭。

「又出現了。別鬆懈。」

在他注視之處，石柱旁產生了一群新的水晶戰士。而且他們分別舉著長劍及盾牌，樣子明顯跟方才不同。

不只如此，那些戰士的頭骨裸露在外。

「是骸骨兵嗎？」

既然理法反應能重組村民們，當然也能重組效命於骸王的骸骨兵群。

戰況趨勢尚未倒向其中一方。

3

乍看之下，雙方看來不分上下。

雖然有些被貝爾薩克與伊露米亞壓著打，不過費拉特和史賓陸續擊退了其餘的大批敵人。敵方似乎也採取了對策，但費拉特還沒有招式用盡的跡象。考慮到有老師下達指示，戰況應該可以充分取得優勢。

可是。

在我掃開靈體烏鴉，與貝爾薩克拉開距離的時候，理法反應的聲音傳來。

「……我……不明白。」

女子的外形在呢喃中逐漸變化。

就連人形都朦朧起來，變成更加模糊的──某種東西。

「為何……我會來到這裡？為何……我無法不理會這樣的外部因素？為何……我要釋放自己內部的獨立因素？為何……我不了解我？重新檢查，重新檢查，應重新檢查。保持根據契約對亞瑟王的精神仿製。為進行檢查，將一部分參數並行設定為預設值。」

不再是骸王，也不是母親，屬於理法反應的話語。

「確認三尖赫爾墨斯的預設值。確認阿特拉斯院院長的認證。確認靈長的規模與變遷。確認人理的繼續與範圍。檢查在限定狀況下，平行世界發生的可能性……距離檢查結束剩餘三秒……兩秒……一秒……結束。

根據以上所述，我應該繼續。不僅限於限定環境，應該檢查所有的可能性。封閉的小宇宙，正是通往無邊無際的大宇宙之門。」

自問自答。

或者說，那如同獨自在牆上不斷寫著數學公式的行為。

「對。我必須保護。必須抵達。必須救濟。必須盡可能擴張我的能力，阻止毀滅。」

（……救濟？）

老師在那座神殿裡說過。

阿特拉斯院的七大兵器是為了拯救人類免於滅亡而製造的。可是七大兵器並未拯救人類的滅亡，反倒擁有了足以毀滅人類的「力量」。

目的及手段互相矛盾的，悖論的盡頭。

正因為設定了永遠無法放棄的目的，才留下的夢想殘骸。

（……說不定──）

說不定，我的村莊也曾是這樣。

試圖復活死去的亞瑟王……在最初的目的，一定是敬仰國王、想再度見到她吧。至於復活，原本應該只是達成這些目的的辦法。

但對於後代來說，使國王復活本身成為了目的。就算昔日的國王復活，也不知道她會如何領導他們，姥姥等人卻沉迷於此。

不論是誰一定都會犯這種錯吧。

我一瞬間陷入感慨當中，同時看見理法反應的「槍」開始帶著魔力形成的漩渦。

（……那是……！）

「我定義。這段時間是延誤我的救濟的阻礙(Bug)。以演算的效率化為是，申請使用百分之八輸出功率。確認設定。批准使用授權。」

魔力更進一步轟然凝聚在「槍」上。

黑色先鋒之槍的真名解放。

一旦她發動那一擊，萬事休矣，根本沒有方法能夠抵抗。最清楚那件寶具的威力有多強大的人就是我。

「妳還有空看旁邊嗎，格蕾！」

貝爾薩克縮短我拉開的距離。

幾乎同時從守墓人手邊起飛的靈體烏鴉攔住我的退路。他們連在訓練中都沒展現過這樣的合作技巧。換成以前的我會就此落敗。這波攻勢巧妙得難以閃避，猛烈得難以防禦，我沒有任何抗衡的手段。

可是，對於現在的我……

「啊啊啊啊啊啊！」

我主動撞向貝爾薩克的斧頭，朝地上一滾。

斧頭割破兜帽的衣襟。只要位置偏離一點點，頸動脈也將被割斷吧。我直接站起身，突擊在旁邊打鬥的伊露米亞修女——而非貝爾薩克。

「咦——？」

「凱爵士！」

我還沒說話，身經百戰的騎士就理解了我的意圖。

他轉身繞過來，擋下正要追擊的貝爾薩克。相反的，我對準先前與騎士交手的伊露米亞修女揮下大鐮刀。

與騎士換手（Switch）。

既然騎士的戰術不適合應付伊露米亞的速度與技術，就用大鐮刀強行打飛她，我這麼計劃。也許是全神專注於騎士的關係，伊露米亞一瞬間遲疑了，大鐮刀重擊她的護手甲。

這次換成騎士（凱爵士）舉劍接下貝爾薩克追擊的斧頭。

他一手在我的背上推了一把。

「去啊，格蕾！」

「是！」

我灌注目前所能做到的最大限度「強化」，縱身躍起。

我的一躍超過十公尺，這次衝向理法反應！

「費拉特！」

「Yes，教授！」

在我的背後，少年的手指在虛空中描繪術式。

理法反應停止了一瞬間。少年的異能甚至有可能干涉阿特拉斯院的技術。

我把一切都賭在那個剎那，揮下大鐮刀。

沉悶的聲音響起。

那是魔力集中到一半的「槍」擋下大鐮刀的聲響。

「……果然，無法理解。」

理法反應呻吟。

打破費拉特施加的僵硬狀態，勉強舉起那把「槍」，導致她嚴重失去平衡，露出足以讓我抓住機會攻擊的破綻。

「為何……我無法忽視妳？明明我是我就夠了，為何我忍不住會追逐妳？」

從聲調中聽不出任何感情。

從字面上來看明明應該是問句，但我甚至不確定她是否真的對這件事感到不可思議。

不過，我如此回答。

「因為骸王在妳之中吧。」

我感覺到了。

直到現在，她內部依然有著與我相同的存在。肉體、精神與靈魂。一個人類應具備的三因素的每一個。

那麼，我果然說不定是個失敗品。

明明是為了復活昔日的國王而製造的產物，卻沒有達成使命——雖然是順勢而為，我為了自保逃走，犧牲母親，更企圖停止作為根本的理法反應。

即使如此，我不想再逃避了。

關於母親，我直到現在也還沒整理好心情。

即使如此，可以的話，我想要面對她。

「為何……妳要妨礙我？」

「對不起。」

我把所有的「強化」調動到雙臂上。周遭的魔力充沛，充滿剛才準備使「槍」揮動的大源。我一心一意地運轉魔力，直到魔術迴路燒焦。

「妳沒有罪。妳按照阿特拉斯的契約一直運作著，準確地仿製亞瑟王的精神，只是結果引發了故障。我們當下為了自己的方便，對妳下命令或想讓妳停止運作……有時還企圖破壞妳。」

不知為何，我不禁想流淚。

眼前的對象不再是亞瑟王的精神，不是母親，但也不是理法反應本身，而是三者調配後混合出的存在。

不過，我同時感覺到——這也是我。

被眾人擅自寄予厚望，擅自當成亞瑟王的肉體，卻連想都沒想過要反抗的昔日的我。

「對不起，我向妳道歉。即使如此，我不會在此退讓。」

大鐮刀逐漸逼近對方。

重組過的伊露米亞修女和貝爾薩克本來應該會插手吧。不過，老師與騎士好像攔住了他們，沒有人試圖阻止我與理法反應戰鬥。

理法反應望向大鐮刀說道。

「這是什麼？先鋒之槍嗎？但構成要素不是先鋒之槍？這到底是什麼？」

「對妳而言，這是聖槍先鋒之槍吧。」

大鐮刀對我的力量做出回應。

就算不再開口，不再咒罵我，他依舊總是會幫助我。

「可是，對我而言不一樣。」

我忽視幾乎撕裂神經的痛苦大喊。

「對我而言，這是亞德。」

我用更強的力道握緊大鐮刀。

對於不再回應我的薄情傢伙，我依舊投注所有思念——

「他是我的……朋友。」

「…………」

一瞬間，理法反應啞口無言。

「……為何……我會來到這裡？無法理解……不合理……不能理解……判斷不全……理論矛盾……演算不成立……」

每當她喃喃自語，力道就隨之放緩。漸漸放緩。

「死……是什麼？」

說不定那正是她最後的問題。

力量的抗衡徹底瓦解。

得到釋放的大鐮刀呈斜角砍裂女子的身體。

不只如此，當深深砍斷血肉骨骼的手感傳來，我的其中一手放開大鐮刀，接住老師扔過來的短劍。

侵刃黃金。

我不顧一切地揮下那隻手。

閃爍光芒的黃金短劍刺穿理法反應的肉體。

4

短劍確實地刺中她的鎖骨附近。

「這樣、一來——！」

理法反應會停止嗎？

母親和費南德祭司的死會被推翻嗎？

女子沒有痛得掙扎，也沒有吐血，空虛地停止了動作。

簡直像一具斷了線的傀儡。假使侵刃黃金正確地發揮了效果，骸王的精神從理法反應剝離了嗎？

我正想接住她前傾的身軀時，渾身一僵。

「我理解了。」

幾乎摔倒的身軀停住，轉頭凝視我。

「啊，這樣嗎？所以我會執著。死就是這個嗎？墳墓就是這個嗎？是這樣啊。所以我執著於妳，我是正確的。」

臉孔還是朦朧模糊，但我知道她的雙眸正瞪視著我。我知道的她嘴角正浮現滿意的微笑。

「妳是，我的死。」

霎時，理法反應發生異變。

「咦——？」

一陣沙沙聲響起，女子的身體自我眼前崩潰散去。

是砂。

紅色的砂。

理法反應的肉體轉眼間變換成異樣吸引目光的鮮明紅砂。

變化範圍不只少女一人，連遠處的貝爾薩克、伊露米亞以及水晶骸骨兵群都一口氣化為砂礫。紅砂更大量增加到幾乎要吞沒大部分的墓地。

「這……難道是阿特拉斯院賢者之石的赤化變質嗎……！」

老師低喃，立刻吐出某個名稱。

「可惡(Fuck)，理法反應是這種兵器嗎！」

「這是怎麼回事？」

「賢者之石本是阿特拉斯院的研究成果之一！幾乎能記述無限訊息的究極記憶媒體，

至高之書！理法反應本身是由賢者之石的特定狀態構成的……只要還在繼續記錄，多半就能無限增殖……！啊，所以村民們才會消失！他們是被第一次主動試圖了解死亡的理法反應波及了！應當拯救人類卻足以毀滅世界，是指這麼回事嗎！」

紅色的砂。紅色的砂漠。

鮮紅的世界無邊無際地擴散開來。

「理法反應第一次對自己的功能產生了自覺。這個她自己建造的虛擬演算世界，很快會被全部掩埋。如果長時間接觸，就連我們也很可能被分解成訊息庫。這麼一來，接著將輪到……」

接著將輪到現實嗎？

翠皮亞一直在阻止的大概也是這件事。

他應該是為了阻止世界的一切化為紅砂，才一直留在那座村莊裡。動機多半不是具有人性的良心，也不是簡單易懂的正義感或對人類的愛。

因為決定那麼做，所以去做。

一個僅僅如此，像道具般的人。像人般的道具。

然後，一道巨影從理法反應一度消失之處向天空飛去。那影子甚至不再具備人的形體。由匯集的砂礫組成的新身軀展開巨大雄壯的翅膀，睥睨我們這些僅僅在赤紅大地上驚慌失措的可悲之人。

啊，那個身影……

是鳥。

「赫爾墨斯之鳥……」

老師仰望天空。

我記得，那個名字屬於希臘神話裡守護旅者與商人的信使之神。

「希臘神話的赫爾墨斯後來與埃及神話的托特及鍊金術師墨丘利結合，成為鍊金術的象徵。他有時是人，有時是冠上那名字的鳥，以各種形式出現在許多書籍中。啊，這種情況很適合他的登場，因為希臘神話中的赫爾墨斯也是指引靈魂到達冥界的嚮導。」

為了救濟人類而毀滅人類的聖鳥。

【妳是，我的死。】

紅色的聖鳥（赫爾墨斯）說道。

不是用聲音，而是直接灌輸進大腦的訊息。

像初次與骸王相遇時一樣，它再度變回不使用語言之物。

【所以，我是來殺妳的。為了避免死亡，這是正確的。我定義我是正確的。】

聖鳥展開巨大羽翼。

我察覺羽毛上蘊含驚人的魔力，霎時發出警告。

「老師！」

然而，不可能來得及。

隨著咆哮聲，數量龐大的赤紅砂羽激射過來。

那已然是一場轟炸。包含在每一片羽毛裡的巨大魔力引發比任何火藥都更劇烈的爆炸。

被紅砂淹沒的大地一瞬間變得一片坑坑窪窪，布滿凹陷，突起的石柱全數慘遭破壞。不只我這個攻擊目標，老師與史賓他們也被爆炸的餘波炸飛出去。面對砂羽壓倒性的破壞力，半吊子的結界效果連紙屑也不如。

大概是無法連續發動，聖鳥在天上劃出弧線，彷彿憐憫著匍匐於地的我們。

（……啊啊。）

我發不出聲音。

這不單是物理上的問題。剛剛那波砂羽發出的魔力衝擊甚至在體內到處亂竄，感覺就像徒手捏碎了我的內臟。即使試圖施加「強化」強行起身，也無法精煉出需要的魔力。

聖鳥在空中飛翔，並再度凝聚魔力。

要是跟剛剛一樣的轟炸襲擊地面，不可能活下來。

「……嗚……啊……」

不過，沒想到它只用一擊就將我打得站不起身。

單看威力而論，砂羽足以比得上偽裝者的魔天車輪(Hecatic Wheel)。若將攻擊範圍之廣也包含在內，殺傷力還在那之上嗎？就連這不愧為七大兵器的結果，也只是聖鳥性能的一小部分吧。宛如一語道破區區的人類也好魔術師也好——英靈也好，這點程度的差距對它而言等同不存在，那隻鳥雄壯地在天空中翱翔。

（老師……呢……？）

我仍然蹲在地上，僅僅轉動目光。

看來史賓在危急關頭護住了老師。

他大概是在瞬間判斷獸性魔術在他們當中最擅於防禦吧。不過，雖然只是受到餘波震盪，他們似乎也沒辦法在經歷剛才的轟炸後馬上起身。

我也一樣。

儘管一起用了大鐮刀與「強化」，又順著衝擊走向減輕了傷害程度，剛剛的轟炸還是太過致命。

（……站起來。）

我拚命想著。

別因為這種程度的打擊倒在地上。

才斷了幾根骨頭，現在可不是蹲著不動的時候。

不管再怎麼激勵或叱責，身體部位都只有眼睛與肺部能動。此刻的我在物理與魔力兩個層面上都損壞了。創傷並未輕微到靠意志可以顛覆的程度，唯有焦慮無數次在腦海中循環。

（站起來、站起來、站起來……站起來！）

現在不站起來那怎麼行。

當我一直逃避的故鄉問題終於可以解決的時候，我在這裡卻站不起來，那怎麼行。

「起來。」

一隻手用力抓住兜帽。

那隻手與那聲呼喚拉回我幾乎中斷的意識。

「格蕾，起來。」

「…………！」

被那個人從地上拖起來，我尚未完全清醒的大腦勉強認出了他。

「凱爵士……」

「那傢伙說，妳是它的死吧。」

騎士好像也聽到了那段意念。

他的鎧甲也在方才的轟炸中慘不忍睹地炸開。不，狀況遠比我更糟糕。胸甲被打穿，腿甲與其他部分也幾乎全部破裂，一般人如果受了這麼重的傷，很難還有呼吸。

縱然如此，騎士還是堅定不移。

「這樣的話，事情就不再是啥人類的救濟或滅亡這種無聊得要命的荒謬童話。純粹是你們之間不是你死，就是我亡的生存競爭吧。」

騎士的話傳入耳中。

「我……」

我發現自己直到現在都沒有放開大鐮刀。

這件事告訴我，不只心靈，我的身體也並未放棄。

「對。舉起那傢伙。」

騎士滿意地說。

可是，不行。

單純是來不及了。不僅對老師和我是如此，對於費拉特和史賓也一樣，剛剛那一擊太過致命。就算內心沒有受挫，死神卻從更無可救藥之處前來，準備結束一切。

為了殺我，聖鳥（赫爾墨斯）振翅飛來。

＊

聖鳥（赫爾墨斯）的翅膀釋放積蓄著魔力的砂羽。

其威力已經過證明。砂羽掀起能摧毀堡壘，殲滅堡壘內部的軍隊的——足以匹敵對城寶具的巨大破壞。

可是。

這一次的轟炸大幅偏離目標。

「咦……？」

我茫然地望著離我有段距離的破壞現場。砂漠上炸開的坑洞顯示其破壞力沒有任何衰退。

不只如此，聖鳥的飛行頓時變得無力而不穩定，為了防止墜落而開始滑翔。

當我張大雙眼，背後傳來朝氣蓬勃的聲音。

「賓果賓果賓果！難得有機會，由我代替小托利姆講一下吧！『來啊，赫爾墨斯！扔掉那對破翅膀放馬過來（Throw away that chickenshit wing）！』……就是這樣！在小格蕾用那件禮裝刺傷它的瞬間，我找到了一點可以利用的破綻！」

依然躺在地上，勉強只舉起手的費拉特笑著說。

水晶球飄浮在他身旁。我們與翠皮亞見面的空間裡，飄浮著無數顆這種水晶球。

「我在傳送到這裡前拿了一顆。唉，我想翠皮亞先生應該有發現吧。」

操縱獸性魔術的少年難為情地咧嘴一笑。

也就是說，那個水晶球同時也是阿特拉斯院用來連接理法反應的禮裝吧。雖然做起來絕不容易，但這代表具有干涉方面強大異能的費拉特，也可以透過水晶球侵入理法反應嗎？

「史賓……可是……」

「這點小傷不算什麼。」

史賓擦去下巴的鮮血。

由於挺身保護老師和費拉特，他傷得很重。

然而，渾身是血的年輕野獸反倒顯得高貴。同時，或許是認為史賓的態度理所當然，費拉特沒有當場道謝，也不覺得慚愧。平常吵架吵個沒完的兩名少年，在這裡宛如共享生命的同一個生物。

「因為我還什麼也沒做。」

「對啊。明明誇口就算對上冠位人偶師也不會輸，要是沒有好好表現，我會丟臉得不敢回艾梅洛教室！」

費拉特笑了。

天真無邪但大膽無比。那也是魔術師的本質吧。

在這段期間，水晶球映出的風景也不斷轉變。數字與記號大量浮現，費拉特充滿好奇的眼眸看著那些資訊，同時有節奏地揮動手指。和至今的動作相似又有一點差異的指法簡直像在彈奏鋼琴或其他樂器。

老師向少年開口。

「怎麼樣，費拉特？」

「是的。對理法反應的故障部分除錯就可以了對嗎？我正在搜尋，還有小格蕾的母親他們，也救援……」

說到此處，少年的表情轉眼間緊繃起來。

「……這是什麼啊……」

「費拉特？」

老師皺起眉頭，費拉特連那個反應也沒注意到，發出呻吟。

「它的演算速度明明顯然不到原先的一成……還只用一小部分處理我的干涉……速度卻遠比我快得多！」

我或許是第一次聽到總是遊刃有餘又無憂無慮的少年像這樣哀鳴。

「分一半給我！」

史賓啟動獸性魔術，將手貼在費拉特背上。

那多半是老師以前曾和露維雅進行過的魔術迴路連結吧。兩人的魔術迴路相乘，進一步加快演算速度。

然而，速度還是比不上理法反應的——一小部分。艾梅洛教室中兩位頂尖的天才聯手，也難以趕上阿特拉斯院的七大兵器嗎？

費拉特的狀態在大約十幾秒後恢復穩定，可是聖鳥也一樣。

它再度恢復飛行控制力，開始悠然飛向天空。

如果聖鳥再回來一次，這次費拉特不知是否還能讓攻擊失準。不，恐怕不可能。

「真不愧是七大兵器嗎？」

預期到那種情況的老師開口。

「既然我方的演算速度無法提升，只能減慢對手的速度了。」

「那麼……」

「用侵刃黃金再度刺傷它是唯一的辦法。」

老師望向我的懷中。

當時我迅速收回了這把短劍。

「侵刃黃金沒有徹底刺進它的主體。正因為如此，它才會固執到說出『妳是我的死』的地步。到了這一步，骸王和理法反應連結得更緊密了。」

我可以隱約感受到這一點。

骸王並未與理法反應剝離開來。我反倒感覺骸王在即將剝離前受到了嚴密的保護。這或許表示……理法反應認為，要理解死的概念，不能少了骸王這個零件。

那麼——

「……用侵刃黃金深深地刺穿它。」

那麼做之後就會解決問題嗎？

「不過，我該怎麼做？我也無法接近四處飛行的聖鳥（赫爾墨斯）。」

「原來如此，讓它停下來就行了吧。」

於是，騎士插嘴道。

他自顧自地意會，點點頭，轉過身留下一句話。

「交給我吧。」

「凱爵士。」

「雖然只有短短半天，但這段時間對我們彼此來說都還不壞吧，艾梅洛II世？」

我來不及體會那句話。

騎士仰望天空。

聖鳥（赫爾墨斯）第三次向我們振翅飛來。

「啊，沒辦法了。」

為什麼呢？

臉孔朦朧的騎士腳步不停地走向聖鳥。

「凱爵士……！」

「在任何情況下，分派給我的任務都一樣。拜此所賜，害我都沒抵達卡姆蘭之丘啊。」

我記得，卡姆蘭之丘是亞瑟王逝世之地。

身為圓桌騎士，他卻無法到那裡去。他死在了那之前。

「你……」

我有種很不好的預感。

我感覺必須阻止他，身體卻動彈不得。

有什麼聲音在我心中大喊，不可以阻止他。即使並非如此，現在的我也只能勉強支撐住身體不再倒下，大家也都無法正常行動。騎士之所以能裝出一副沒事的樣子，純粹是因為他沒有肉身。

「我說格蕾，我原本心想，只要妳稍微停下腳步，那我也敷衍一下隨便混過去即可，但妳意外的好強啊。這次也一樣，雖然會說喪氣話，卻沒有陷入無用的自虐中。這不是好好地在為生存奮力掙扎嗎？」

那絕非我的優點。

若是從前，我應該會輕易地認命。只是接觸過的許多案件與人物，為我帶來了一點改變而已……

「真好，生者可以像這樣改變自己。」

騎士說道。

「別對亡者依依不捨。出現在這裡的終究只是影子。無論是曾建立何等豐功偉業的英靈，或是跟我一樣的過去殘像，反正都是亡者，活人不該受到這種存在的束縛。」

說到此處，他覺得麻煩地補充。

「……話雖如此，小時候我並不討厭有古代英雄出現的童話故事。我有個像廉價劣質酒般的夢想。哈哈，像妳的老師那樣或許也不壞。」

聖鳥的羽翼大幅鼓起。

紅色砂羽的轟炸再度降臨。

騎士堂堂從正面阻攔聖鳥。

「——疑似展開。」

他舉起右手。

舉手的動作輕鬆至極，我卻感覺他手上蘊含著呈反比的厚重魔力。

「寶具設定。偽裝登錄。啊，跳過詳細的參數設定。我連英靈都不是，這麼做算是模仿加拉哈德嗎？」

騎士（凱爵士）的寶具。

當他轉動手指，霧氣突兀地開始籠罩乾燥的紅色砂漠。

原本大概是有關水的寶具吧。可是，終究是疑似罷了。並非使役者的凱爵士所創造的寶具，就連假想構築本來也應該不可能實現。使役者就是與我們相距如此懸殊的存在。

如果強行嘗試，在發動寶具前，騎士就會死去。

「凱爵士……！」

「放心吧。」

這是第一次。

在那短暫的一瞬間，我第一次看見他本來的面目。這是他為了構築假想寶具，匯聚龐大魔力導致的嗎？

我看見了那個一看就不像好人，卻又有些為難的害羞笑容。

那多半不是原本的凱爵士的面貌。如同他打從一開始自行報告的，像骸王並非真正的亞瑟王一般，那應該是他與主體亞德混合後的臉孔。

就算如此，不，正因為如此，對我而言……

「妳沒問題的，慢吞吞的格蕾。」

聖鳥(赫爾墨斯)射出砂羽。

原先看著我的騎士轉頭面對莫大的破壞——高聲吼叫。

「假想寶具展開——轉瞬即逝也難忘之城(Camelot Image)！」

不，那是美麗的城塞本身嗎？

由霧氣建成的美麗城塞(Camelot)環繞騎士聳立於大地。自遙遠的傳說時代起，受到許多詩人歌頌至今的白堊城堡。成就輝煌的圓桌騎士們集結於此，據說只要他們團結一致，任何蠻族與怪物都無法接近。

啊，我說過他連假想構築都不可能實現。如果強行嘗試，在發動寶具前騎士就會死去。此刻，騎士將不可能化為可能。

然而。

宛如斷定此等奇蹟也終究是偽造品，聖鳥(赫爾墨斯)之羽的轟炸襲來。

就像玻璃之城一般。

在阻攔轟炸短短幾秒鐘後，城塞就此輕易破碎。

「可惡，不過真爽啊！我以前最討厭那種漂亮城堡啦！」

轟炸隨著笑聲覆蓋騎士。

他的身影消失於捲上半天高的粉塵彼端。

聖鳥（赫爾墨斯）高聲啼叫。這次它確定勝券在握了嗎？

不過，新現象發生了。在它鼓起翅膀正要進一步發動轟炸時，粉塵裡有什麼東西刺向聖鳥（赫爾墨斯），以莫大的威力爆炸。

那是聖鳥（赫爾墨斯）自己的砂羽。

「————！」

我舉手遮擋爆炸氣浪的餘波，領悟到其中的意義，忍住嗚咽。

白霧城塞並未保護騎士免於轟炸狂潮，騎士本來也不曾那樣期待。高喊「我最討厭那座城堡！」的他的假想寶具不可能有那種力量。但作為替代，他接收一部分擊碎他的聖鳥（赫爾墨斯）羽毛反彈回去，展現他擅於欺騙的特質。

用聖鳥（赫爾墨斯）的轟炸對付它本身當然管用。在天空飛舞的七大兵器漸漸被往下拖至接近大地的高度。

……就像這位騎士的確軟弱，完全不曾憑實力正面戰勝對手，卻也不曾輸給任何騎士及怪物一般。

就像他生命的體現一般。

「凱爵士！」

沒有回話。

那位說話尖酸的騎士彷彿打從一開始就是某種錯誤般消失無蹤。這是當然的，就算沒遭到轟炸，以非使役者之身假想構築寶具，也會把他的臨時靈基燃燒殆盡。

我回想起一句話。

在使用先鋒之槍時，他在十三封印裡如此說道。

——此為，為生存而戰。

第一道承認我的聲音。

他或許是因此才對試圖生存下去的我給予正面評價。我極力按捺著隨時可能癱坐在地的衝動。我總覺得一旦這麼做，會打碎騎士(凱爵士)賭命為我留下的事物。

「凱……爵士……」

即使呼喚，也不可能得到回應。

作為代替的是——

「……咿嘻嘻嘻嘻。睡昏頭好久嘍。」

大鐮刀發出奇異的尖銳聲響。

只分別不到一天的聲音，為何讓我這麼懷念呢？

「……亞……德……？」

「嘻嘻嘻嘻嘻嘻嘻！我終於醒了。因為跟他共享記憶，狀況我都知道，不過真虧你們能把事情搞得那麼複雜！」

在大鐮刀上打開的眼珠照老樣子骨碌碌地轉動，在某種意義上表情豐富地這麼說。

怎麼辦？我快哭了。

我好像一直在哭泣。自己如此無力，在關鍵時刻幫不上忙，但唯有現在，我無論如何都必須戰鬥才行。

「亞德……！」

我用力握緊大鐮刀。

「痛死我啦～！喂！別用蠻力握緊我！妳該不會忘了妳的『強化』在我回來後會跟著增幅吧！」

正是這樣。

我和亞德分擔了吸收「強化」所須魔力的作業，在大源如此濃密的空間裡有亞德參戰，必然會導致這個結果。幾乎前所未有的濃郁魔力在我體內循環著。

「把力量借給我，亞德。」

「唉～！真沒辦法，只借妳一點喔！妳可別哭哭啼啼的！」

「那還用說！」

我壓抑著幾乎潰堤的情緒，全力踏穩地面。

＊

艾梅洛Ⅱ世神情緊繃地注視著騎士的假想寶具，那不僅抵銷聖鳥（赫爾墨斯）的砂羽，更暫時把它困在了大地上。

「……啊。」

事情會變成這樣吧，他心想。

那個說出「交給我吧」的背影很熟悉。是覺悟自己將有去無回的背影。從前，那位定義他的人生的王者，也曾同樣轉過身，任鮮紅的披風翻飛。

他感到有點羨慕。

「別對亡者依依不捨，他真敢說啊。」

他微露苦笑。

對於他的人生，還會有比這更尖銳的批判嗎？

那句「我並不討厭童話故事」或許是在幫他說話，但言語如此尖銳，騎士以前在圓桌裡應該很遭人厭惡吧。

而且，應該也是不可或缺的存在。

「老師，可以請你下指示嗎？」

「嗯。」

當史賓這麼開口，艾梅洛II世頷首。

在天空飛翔的聖鳥（赫爾墨斯）如今大幅傾斜，失去控制。

它作為七大兵器的演算速度也相應下滑了。儘管還不是決定性的變化，但必須趁現在準備的事情堆積如山。

「費拉特，我用念話將已構築的術式傳給你，要干預理法反應的話，用這個術式應該更有效率。」

他結印並灌注魔力。

收到轉錄的直接意念訊息，費拉特眨了兩下眼睛。

「教授，這個……是哈特雷斯的親和圖裡的內容？」

「沒錯。理論的部分分析完畢了。以你的能力，有這個就夠了吧？」

「真不愧是教授！包在我身上！這根本是如虎添翼、如瑪利歐吃到星星、如空手道配迴旋鏢！」

圓桌的騎士已然不在。

他們承受不了聖鳥（赫爾墨斯）下一波的轟炸。如果缺乏防備地面對羽毛攻勢，毫無疑問沒有人能夠倖存。

儘管如此，沒有人再感到害怕。

＊

費拉特・厄斯克德司，別名天佑的不祥之子。

厄斯克德司家在鐘塔也是少見的古老家族，即使是長壽的魔術刻印，通常也會在那段歲月中腐敗。此外，直到少年出生前，家族裡也沒有接連出現過厲害的魔術師。在越古老的神祕大致上力量越強的魔術師世界中，厄斯克德司家可說是稀有的例外。

那麼費拉特這個神童的誕生，是否讓厄斯克德司家欣喜若狂呢？那也沒有。

一開始他們歡喜不已。

被人嘲笑除了家族古老之外樣樣平庸，空有歷史卻無實力的家族，認為開花結果的時刻終於到了，為此歡欣鼓舞。

但少年實在太過優秀，優秀到他們無法繼續享受那份喜悅。

也可以說，他太過異端了。

事實上，他甚至險些被雙親殺害。

因此，他是天佑的不祥之子。擁有絕大多數魔術師都為之垂涎的無與倫比天賦又遭到嫌惡的孩子。

（嗯～事到如今，為何我會回想起這種事？）

少年重組艾梅洛II世傳送的術式，同時思考。

以前他一直認為自己不能展現實力，因為這麼做會導致周遭的人不幸，隨便敷衍了事比較好。笑容只要假裝就行了，以魔力操縱顏面肌肉是小事一樁，根本沒有人能看穿他的偽裝。

可是……

那種想法只持續到他遇見教授和史賓為止。

——「老師、老師！這傢伙的味道亂七八糟的！我可以毀掉他嗎！」

——「咦咦！這傢伙真的要當我的學弟嗎！可是這股刺刺癢癢的氣味，絕對會給老師添麻煩！還是在他咬人以前，先下手為強咬斷他的喉管吧！」

啊啊，怎麼辦？唯有這件事，他直到現在依舊保密。

教授不用多說，當史賓一開口就這麼評論自己，費拉特居然高興得渾身寒毛倒豎。

（……這樣嗎？確實沒錯！）

他舔舔嘴唇。

到了現在，這純粹是對過去的確認。少年不再恐懼。無論是對自己的才能、發揮才能這件事，或者是繼續走向更深處。

因為，沒錯。

「好了，你給我等著。」

他瞪著已墜落的聖鳥（赫爾墨斯）。

這裡是他發揮全力也無妨——或許拚盡全力也比不上對手，他渴望找到的地方——！

5

「那還用說！」

我點點頭，踏向地面。

我踏出一步，跨越騎士（凱爵士）消滅的地點，再度一蹬。

我沒有回頭。沒有時間那麼做。我不可能用那種方式消耗掉他爭取到的這剎那。

我在聖鳥（赫爾墨斯）再度起飛前躍起，同時吶喊。

「亞德！解除第一階段限定應用！」

「咿嘻嘻嘻嘻嘻！妳是第一次用上那個吧！能做好嗎！」

大鐮刀一瞬間變回匣子，像魔術方塊般轉換變形。

變成一把巨大的翼狀迴旋鏢。

不過，我現在要當成滑翔翼，而非迴旋鏢使用。儘管沒辦法飛太遠，只要經過充分的助跑，迴旋鏢應該有可能達成極短距離的滑翔。雖然我從未認真使用過這個功能，但我的身體像是受到誰的引導般在空中滑行。

我手忙腳亂地跳到聖鳥（赫爾墨斯）背上，直接往前衝。

聖鳥（赫爾墨斯）也有所反應。

我跳上的背部形成紅砂之槍，朝我射來。

「亞德！」

亞德再度變回大鐮刀，迎擊那些尖銳長槍。

我知道目標在何處。

既然亞瑟王的精神——骸王依然在理法反應內部，這說不定是理所當然的。

我清楚地看見聖鳥背部的某一點。

我劈開一批砂槍，扭身閃避後續的攻擊，用小丑般的輕盈動作像走鋼絲般在槍上一蹬躍起。

我從半空中用力投擲短劍。

當然，這麼做，短劍只能刺進表皮。侵刃黃金的鋒利度頂多相當於普通短劍，不可能深深刺穿聖鳥的核心。砂槍不受干擾地蜂擁而至，意圖貫穿我。

然而——

「解除第一階段限定應用．攻城槌（Battering Ram）！」

亞德進一步變形為攻城槌形態。這個名稱本來屬於由多人操作，用來撞破城門的攻城兵器。

其威力媲美使役者Ｄ級的魔力放出技能，是亞德攻擊力最高的形態。我傾注所有殘餘的魔力，放聲大吼。

「啊啊啊啊啊啊啊啊啊啊啊啊！」

將來襲的砂槍一併打散。

我卯足全力，用攻城槌將刺入表皮的侵刃黃金釘進去——！

*

聖鳥(赫爾墨斯)大幅度地晃了晃。

這次它真的向地面墜落，我的身軀也被拋飛出去。

我在危急關頭擺出防護動作。雖然是巧合，但聖鳥正好落向老師他們等候的地方，或許這是聖鳥企圖攻擊老師他們的結果。

無論如何，老師一看見墜落的聖鳥就大喊。

「就是現在，費拉特！」

隨著那聲呼喊，咒語(Spell)響起。

「開始干涉(Game Select)！連接全迴路(Circuit Full Connect)！」

光芒從費拉特手中掠過。

我的魔術迴路感覺到，光芒裡融入了複雜的數字與記號。

不，不只費拉特。那道光芒的根本是史賓。手放在少年肩頭的史賓正在供應龐大的魔力。得到強而有力的精氣幫助，加上史賓嗅覺的支援，費拉特巧妙地操作光芒。

光芒延伸向水晶球，大概是因為老師託付的術式的效果，又進一步變成神祕之鎖鏈。

神祕之鎖鏈綑綁住紅色鍊金術師的聖鳥。

不過，聖鳥也絕非在單方面挨打。就像先前導致天才少年們驚惶失措時一般，我感覺到鎖鏈上有另一種力量在逆流。

我只看出了這麼多。

只是，此刻勝利的天秤應該正在聖鳥(赫爾墨斯)和費拉特他們之間搖動。

肉眼看不見的緊湊攻防戰讓人幾乎感覺不出過了多少時間。

「贏家會是……」

我以虛脫的身體茫然地關注戰況。

突然間，熟悉的香味傳入鼻子。

老師在抽雪茄。

他似乎是在我注視他們時取出雪茄的。

「那還用說。在徹底模式化的時間點，勝負已分。若不知道對手的性能，也可能反過來中招，但我在初次接觸時大致都摸清楚了。」

我抱著不可思議的心情聽老師呢喃。

他微微瞇起眼眸。

彷彿羨慕。

彷彿嫉妒。

彷彿注視著遠方的星辰。

「——這樣的話，我的學生不可能會輸吧。」

絕非不合理的強硬，亦非過度的信任，老師一派理所當然地說道。

——然後……

結果正如他所言。

✦ 終章 ✦

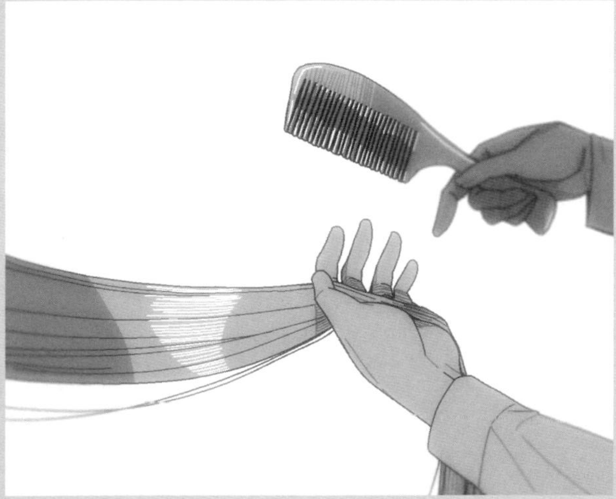

「——不去看妳的母親，沒關係嗎？」

發問的翠皮亞佇立在樹蔭下，避開陽光照射。

此處是野外。

距離村莊很遠的山麓。

現在是黃昏，太陽有八成落入地平線之下，據說作為阿特拉斯院院長的翠皮亞成功地找到了對陽光的因應措施，但直射陽光似乎還是會造成一些痛苦。除了平常那件披風之外，他還戴上了兜帽。

「……嗯。媽媽她沒事對吧？」

「沒事。由於她與費南德祭司都瀕臨死亡，在給予一定的急救治療後，我將他們連同伊露米亞修女一起送到山麓與聖堂教會有關的醫院附近。她沒有生命危險。聖堂教會不知道令堂當過妳的替身，她與骸王的緣分也斷絕了，所以不會成為魔術意義上的樣本……從結果來說，那座村莊無人喪生。」

簡直像開玩笑似的。

雷聲大，雨點小。事情發展成那般誇張至極的騷動，最後結果卻僅僅是這樣。

或者，被總結成僅僅是這樣。

我摩擦顫抖的身體。接觸過第二輪的夏日，現實中的冬季寒風對我們來說有些難耐。

「硬要說的話，亞瑟王的精神——骸王或許是例外吧，但她只是作為精神模型回到理法反應內部罷了。對於只有精神的存在而言，時間是模糊不明確的。她在地底度過的歲月，跟短短幾分鐘的午睡沒有差別。」

戰鬥結束後，經過了大約半天。

從那片空間傳送回來後，在等候翠皮亞稱為善後的作業完成時，他對我們做了幾個說明。

據他所言，借出理法反應直到亞瑟王復活或判斷契約不可能履行為止，並規定阿特拉斯院不可妨礙這個儀式的阿特拉斯契約繼續執行。

與這次發生問題的主要原因——母親，以及與亞瑟王的精神切斷連結的理法反應，好像正進入自我診斷、修復階段，幾年內應該不會啟動。考慮到冬木市聖杯戰爭的舉行間隔，暫時不需要擔心了。

當然，村裡對亞瑟王信仰最虔誠的老婦人應該依然沒有放棄，但也可說就算不放棄也無可奈何。她下定決心，不惜與聖堂教會交戰，是因為有機會湊齊肉體、精神與靈魂，既然機會已經消失，現在她也無從行動。

「媽媽她知道我還活著嗎？」

「她應該收到訊息了。畢竟她曾暫時與理法反應連結。雖然普通人的大腦連那種情報量的片段都容納不了，但她應該會留下妳還活著的印象。」

「那樣就好，只要讓她知道我還活著就夠了。」

如果我去探望她，那個村莊也有可能得到消息。這麼一來，變得自暴自棄的老婦人與其他信徒可能會做出失控的行為。

「喬裝後再去看她也是個辦法喔？」

也許是察覺了我的想法，費拉特在一旁提議。

對了，他在那顆紐釦上施加的幻術術式還保持著原狀，我在回到這裡時換了一張臉，因此嚇了一跳。我們進入第二輪後的身體好像是理法反應操作的假想再現，所以幾乎沒有受傷。

「沒關係。而且，我和媽媽應該都還需要一點時間。」

我一定會去看她，我心想。

不過不是現在，而是在我好好整理過心情之後。

媽媽為我做的事有什麼意義？包含怎樣的心情？我想一一重新確認，等到不再誤解之後再去看她。雖然我還不清楚這需要花多少時間。

不，比起那個，許多村民正要開始舉行亞瑟王的復活儀式，卻發現夏季突然結束，進入冬季，應該對此十分困惑吧。我不知道那座村莊往後將迎接什麼樣的未來，但不可能一成不變。從這層意義來說，母親被送往跟聖堂教會有關的醫院使我覺得安心。

當我思考到這裡，老師忽然開口。

「……騎士團或其他團體現階段沒有動作，那大概表示聖堂教會尚未認知到這個狀況。」

「咦？那不是很奇怪嗎？村莊裡的人消失半年，代表聖堂教會跟伊露米亞修女與費南德祭司失聯半年了吧？他們本來就是派去監視村莊的人員，教會的反應有可能這麼慢嗎？」

史賓犀利地指出這一點。

的確，他說得有理。既然本來就認為有風險，聖堂教會主體在與監視人員失去聯絡後立刻親自出馬才是正常情況。如果他們有什麼原因不那麼做，那就是……

「有人操縱過情報……？」

「是哈特雷斯嗎？」

「誰知道呢。」

老師的目光從含糊帶過的翠皮亞身上轉開，命令學生們。

「費拉特、史賓，你們可以先去查看山麓城鎮的情況嗎？我想應該沒有問題，但聖堂教會或其他組織的人要是來了會很棘手。」

「知道了！」

「我們馬上回來！」

費拉特和史賓鞠躬，迅速掉頭出發。

最初明明正常地走在道路上，他們卻在半途中不知為何開始自顧自地吵架，展開一場魔術交錯飛舞的賽跑，充滿他們的特色。姑且不論傷勢，身體明明應該還很疲憊，兩人卻已經那麼精力充沛，該說艾梅洛教室的雙璧真是驚人嗎？

目送他們離去後，老師重新面向翠皮亞。

「對了，有一件事令我很在意，可以在分別之前請教一下嗎？」

「什麼事？」

翠皮亞詢問，老師往下說。

「我認為順序錯了。」

「順序？」

「那四條規矩跟守墓人的魔術刻印相連。換言之，可以視作那是歷史可追溯至西元前的布拉克摩爾家族流傳下來的規定吧。」

「原來如此，有道理。」

翠皮亞頷首，烏鴉在他頭頂啼叫。

在黃昏的天空中，叫聲聽起來顯得寂寞。

當然，貝爾薩克應該也回到這個現實世界了。無論往後那座村莊發生什麼事，我認為唯有教導過我各種知識與技術的守墓人不會離開這片土地。他會作為布拉克摩爾守墓人活下去，直到生命的盡頭吧。

「不過，黑面聖母多半是源自於摩根勒菲──是亞瑟王時代的作品。她的時代在西元後。雖然有種種說法，大體上都認為在五世紀時。既然如此，黑面聖母被列入守墓人的四條規矩中的原因是什麼呢？」

「這並不矛盾。應該是後世有人加上了新規矩。布拉克摩爾的守墓人，原本就是優秀的靈魂運送人（Soul Carrier）。」

「是啊。新的魔術會一代又一代記錄在魔術刻印上，我覺得這很自然……不過，加上那四條規矩的時期意外的距今不遠吧？比方說數百年前。與你就任阿特拉斯院院長的時期相同不是嗎？」

面對老師的話，翠皮亞在瞬間眉頭一顫。

「你想說什麼？」

「和方才所說的順序相反，我認為四條規矩中真正自古相傳的只有黑面聖母那一條，用途是識別亞瑟王的基因，有效率地提升樣本數。那尊雕像同時也是魔術禮裝吧。不過，其餘規矩實際上並無必要……沒錯，像避免村民不小心接近神祕、隱藏沼澤的結界等等，雖然給出這些看似合理的原因，但到頭來，其餘規矩只是單純設定成不做什麼事而已。比方說，好讓定期關注此地的阿特拉斯鍊金術師方便計算村民們的參數。」

最後的那句話讓我不禁瞪大雙眼。

「在確定阿特拉斯的契約已經履行，或是確定契約無法履行前，你們不能收回這片土地的理法反應。你用更容易行事——更方便進行計算的形式監視此地，等待其中一種結果確定。當然，你也可以留下禮裝直接監視，但在這次的案件中可以明顯看到，你直接干預會違反契約。和魔術刻印一樣，那四條規矩只適用於布拉克摩爾的守墓人。那是你在可能的範圍內，與當時的守墓人一起打擦邊球設定的吧。」

當老師說完，鍊金術師無奈地聳聳肩。

在這個情況下，不否認就是最明確的承認。

老師大大地嘆了口氣。

「真是有耐性又周到。」

「阿特拉斯院的鍊金術師和魔術師沒什麼不同。你從一開始就知道，不能徹底相信我吧？」

老師沉下臉色，鍊金術師似乎覺得有趣地這麼說道。

「…………」

我目瞪口呆地聽著兩人交談。

光是在這次的事件中，翠皮亞給我的印象就反覆變化。到底該怎麼看待他才好？一開始我認為他是非常可怕的神祕人物，在得知理法反應故障後，他看起來像世界的守護者，現在又像個不好惹的商人。不，那所有的形象，一定都是翠皮亞·艾爾多那·阿特拉希雅這名死徒與鍊金術師吧。

「你最先察覺的果然是這件事嗎？」

「沒錯，是我在地底神殿中談到黑面聖母與摩根勒菲的時候察覺的。如今回頭想想，第一輪的你露骨地說出了線索。像是與此地的家族有緣的死徒，在兩千多年前馳名於世等等。」

這讓我回想起萊涅絲訴說過的經歷。

——「布拉克摩爾，原本是與此地的家族有緣的古老死徒之名。」

——「那位死徒曾是使役鳥類的魔術師，在兩千多年前馳名於世，但很遺憾的是，他在這個劇本中已然滅亡。」

沒想到事情會像這樣連結起來。

「接下來只是依序推測而已。你在這裡的原因。你在談話中為何提及構成人類的三因素與墓地。不過丟臉的是，我直到解讀了哈特雷斯的親和圖，才篤定推測無誤。」

「這對我而言也是個賭注。」

彷彿融入暮色當中的翠皮亞頷首。

「我看得見許多可能性（劇本），也可以探究它們。不過，現實果然只有一個。唔，你不問我和哈特雷斯交易的內容是什麼嗎？」

「嗯，那一點我已經確定了。姑且不論你得到什麼，哈特雷斯會提出的要求顯而易見。」

「哦，我可以做個確認嗎？」

聽到翠皮亞感興趣地這麼問，老師毫不遲疑地回答。

「那是無妨。如果哈特雷斯向你打聽過村莊的術式，就沒必要找格蕾之母當消息來源。另外，哈特雷斯異常地謹慎──在某種意義上跟我很像，會膽小地準備好大量預備方案──既然如此，他只會對你提出一個委託，別演算關於自己的未來，對吧？」

他下了結論，繼續道。

「正因為如此，對於他涉及的一連串事件，你可以事先解析的範圍也受到限制。這是你這次陷入被動的原因之一吧。」

「正確答案……此外，他提供的代價是聖杯戰爭過去的資料。」

我聽到後，一瞬間渾身緊繃。

哈特雷斯曾綿密地調查過冬木市的聖杯戰爭。他之所以拿得出連阿特拉斯院院長都不知道的資料，也是因為這個緣故吧。

但翠皮亞想得到那種訊息，代表……

「啊，你們不必那麼在意，我並非打算參加聖杯戰爭。只是構成那場聖杯戰爭的術式對我來說很有意思。沒錯，那個甚至能再現靈魂，召喚英靈的術式，與我所尋求的第三魔法有著因緣。」

肉體、精神、靈魂。

到目前為止，那個話題出現過許多次。

不過，據說唯有靈魂不管用任何魔術都無法再現。

唯一的例外是第三魔法。原本連魔術也不可能做到——人類至今還無法實現，為了伸手碰觸更前方的方法。

只是，那應該和這次的事情無關吧。老師也不再深入追問。超出必要量的知識，有時候反倒會招來危險……老師經常在上課時這麼說。

相對的，翠皮亞微微歪頭。

「怎麼了？」

「我可以……再請教一個問題嗎？」

「請隨意。」

烏鴉再度啼叫。

晚餐的香味從某處飄來。或許是種錯覺，或許是誰在山麓城鎮烹調的菜餚香味乘著風，剛好傳到這裡來。我回想起母親做的燉菜。當時甚至令我覺得發冷的味道，現在只剩滿心懷念。

老師如此發問。

「從你的觀點來看，我的行動是正確的選擇嗎？」

「你的問題沒有意義。世上有錯誤的劇本，但不存在真正的正確選擇。如果那種東西存在，阿特拉斯院應該早在很久以前就得到救贖，或是在很久以前就徹底結束。雖然我不知道哪一種結果比較輕鬆。」

說到此處，翠皮亞閉上了嘴。

我不禁眨眨眼。

太陽幾乎完全落入地平線之下，因為受到濃稠的暮色掩蓋，我覺得某種從未見過的事物似乎落在了他的嘴唇上。

「不過，在那個前提上……你做出了其他任何人都做不到的，只屬於你的選擇，君主。」

「……咦？」

我愣愣地喊出聲。

難道說。

難道說……

我甚至沒發現費拉特和史賓的歸來，陷入那個想像中良久。

那位總是超然獨立，連表現出某種瘋狂時都不像人類，更像電腦發生錯誤的阿特拉斯院院長——我好像看見他露出了充滿人味，令人難忘的微笑。

＊

回到倫敦後，最大的變化是，許多聲音傳入了耳中。

這座都市裡充滿各式各樣的聲響。從收音機及電視傳來的音樂不用多說，行人們的說話聲及汽車的排氣噪音、小孩的哭聲、各處施工的聲響都渾然一體地混合在一塊兒，如一隻樂隊般呈現出來。

那個鄉間當然也有很多聲音，不過最大的差異在於倫敦的聲音主體是人類。人們過著生活，如漩渦般聚集起來，演奏出這首交響樂。

「…………」

第一次下山離開故鄉來到倫敦時，我覺得櫛比鱗次的大廈簡直就像墓碑。不知從何處大量出現，湧入灰色或棕色建築物的人群，簡直像在冥府徘徊的亡者隊伍。

現在則不同。

大廈是大廈，墓地是墓地。就算人很多，都聚集在一片土地上，那也僅止於此，不需要牽強附會地加上特別的意義。這個感想多半會隨著時間經過改變，但我倒不討厭現在的心情。

在中午前辦完幾件事後，我今天搭乘了巴士。

我在斯拉的街道附近下車，走向距離不遠的宅邸。

不到十分鐘，我便抵達目的地。

我按照事先吩咐的繞到後院，按了兩下門鈴後走進後門（Backdoor）。由於已經熟悉環境，我不需要等人帶路，走在走廊上也不會迷路。儘管如此，每次踩著色彩鮮豔的地毯，我的心臟總會微微加快，這也無可奈何。

萊涅絲在接待室等著我。

她看了看我的手，好像看見什麼出乎意料的東西般眨眨眼。

「格蕾，妳拿著什麼東西？」

「那個，我想和妳一起吃點心……因為平常總是交給萊涅絲小姐來準備。」

我拿著與高雅的接待室毫不相稱的廉價紙袋，僵住不動。

雖然起碼是在百貨公司買的，但畢竟我完全沒有發現可口點心店的眼光。我深切地體認到——購物需要經驗。

「妳要請我吃嗎？」

「是、是的。由我……來請……萊涅絲小姐。」

萊涅絲老實地愣住了半晌，場面變得好像相親一樣。

儘管如此，當我努力地舉起紙袋，她主動開口這麼說：

「托利姆瑪鎢，妳可以找出適合搭配的茶嗎？」

「遵命，大小姐。」

水銀女僕完美地屈膝行禮（Curtsy），離開房間。

當她把我帶來的巧克力放在準備好的白瓷盤上，我總覺得很過意不去。

光看外觀也看得出來，這些巧克力是與萊涅絲平常準備的巧克力有天壤之別的便宜貨。我在她的催促下吃了一口，更是感到羞愧萬分，連耳朵都在發燙。我根本是個小丑，為什麼我會想要做出這種舉動？

在我眼前吃著巧克力的萊涅絲，一臉不可思議地張大雙眼。

由於是在家中，她的眼眸呈現沒點眼藥水時的美麗火焰色澤，看得我更加愧疚。

「……真好吃。」

「那、那個，妳不必勉強……」

「不，為什麼來著？味道的確沒什麼大不了的，口感因為回火失敗黏糊糊的，而且可可的品質不怎麼樣，滋味缺乏深度。但是……為什麼？這個巧克力很好吃。」

少女再度不解地歪歪頭。

她歪著頭，卻一塊接一塊送入口中，好像沒有說謊。試著想想，現在沒有社交聚會上需要說謊的必要性，我也不是她說客套話的對象。

我也抱著上當般的心情，再度掂起巧克力。

從第二塊開始，吃起來意外順口。

雖然我沒辦法像萊涅絲一樣仔細分析巧克力的滋味……沒錯，嗯，很好吃。

「因為是兩人一起分享吧？」托利姆瑪鎢指出這一點。

「那怎麼可能！我跟他人的關係怎麼會改變食物的味道！」

聽到托利姆瑪鎢的話，萊涅絲難得激動地回應。

「妳們在說什麼？」

「唔。沒什麼。」

萊涅絲從鼻子裡哼了一聲，指指我的茶杯。

「也要記得喝茶，在點心時間兩種都要享受。」

「好、好的。」

我依言啜飲紅茶，又是一陣驚訝。

因為配上托利姆瑪鎢為我們泡的紅茶，原本平凡的巧克力彷彿搖身一變。雖然不像萊涅絲平常準備的巧克力般華麗得宛如由夜空星斗點綴而成，卻帶著腳踏實地的含蓄甘甜。

我們一邊品嚐巧克力，一邊體驗令人目眩的奢侈時光。

像這樣彼此共享甜點與紅茶的美味，讓我開心極了。

接著——

萊涅絲慢慢地聽我說完在故鄉發生的事，拋出話頭。

「原來如此。雖然我收到了報告，但沒想到連阿特拉斯的七大兵器都出現了。」

萊涅絲傻眼地揚起嘴角。

「事情一樁接著一樁，儘管是君主，兄長未免也吸引太多棘手難題了……情況發展到這個地步不是巧合吧。不，在某種意義上來說，或許只有最初的邂逅是巧合。」

「…………？」

由於聽不懂她的意思，我微微地歪著頭，萊涅絲微露苦笑。

「我是指妳與兄長的邂逅。」

白皙的手指滑過桌面。

她沿著邊緣碰觸桌子。我覺得她的手指很美，像陶瓷娃娃（Bisque doll）般，是專為美而打造的造形。不過，我知道事情並非如此。我知道她為了走到此處，曾排除多少阻礙，曾付出多少代價。

「當然，開端是兄長在尋找應對使役者的人才，不過你們在其他方面很契合……從某種意義來說，哈特雷斯也是如此吧。」

少女說到此處，瞇起眼眸。

「兄長與哈特雷斯博士，從更早以前起就在各方面太過契合了，因此才會同樣當上什麼現代魔術科的學部長。不過在這個情況下，關鍵在於他們的思考方式未必同樣一致。硬要說的話，應該說他們特質吻合？」

「特質吻合嗎？」

「沒錯，就像費拉特和史賓一樣。往正面發展可以建立彼此互補的關係，往負面發展……」

「往負面發展的話？」

聽到我反問，萊涅絲拿起兩塊巧克力。

在我眼前，她將兩手的巧克力相碰。

「只能毀掉其中一方了。」

我的心臟猛然一跳。萊涅絲恐怕是最熟悉老師的人之一，正因為出自她口中，那句話擁有逼真的說服力。

萊涅絲把相碰的巧克力一起送進口中，搖晃雙腳，仰望天花板。

「話雖如此，我這邊的調查也感覺有點不對勁。」

「發生了什麼事？」

「因為正值新年，有不少鐘塔相關的宴會，我藉這個機會試著探聽過，也分別接觸過貴族主義、民主主義、中立主義三派消息靈通的人物……嗯，關於聖杯戰爭的消息，傳開的範圍果然太小了。」

「消息嗎？」

當我不解地歪頭，萊涅絲輕輕頷首。

「對。本來我就想過，好歹是艾梅洛派君主肯尼斯喪命其中，聖杯戰爭卻仍舊被當成一介邊境魔術儀式看待。面對這次的第五次聖杯戰爭，鐘塔特地派出封印指定執行者前往冬木市，明明採取了足夠的措施，傳聞卻幾乎沒在鐘塔裡傳開。情報分布的落差太大了。」

少女的考察隱含時時置身於鐘塔權力鬥爭漩渦中的人特有的犀利。

老師當然也有那種能力，但還是比萊涅絲來得遜色。我偷偷想過，不說經驗，天生的特質與個性應該也是一大原因。

「在魔術師的世界，做得到那種事的組織只有一個。」

少女又拿起一塊杏仁巧克力放進嘴裡，豎起食指。

「法政科。」

在我腦海中浮現的身影，當然是至今相遇過數次的法政科魔術師。讓人連想到蛇，穿著遠東民族服飾的女性。

化野菱理。

如果是她，使出什麼手段都不足為奇。無論在剝離城阿德拉或魔眼蒐集列車，那位魔術師的表現絲毫不亞於老師的推理。

只是，我之所以吞了吞口水，是因為另一個理由。

「後來，翠皮亞說過類似的話。」

「哦，內容是什麼？」

萊涅絲感興趣地探出身子。

我怯生生地說出在即將分別時，那位鍊金術師若無其事地告訴我們的話。

「他說……哈特雷斯說不定是你的敵人，但未必是鐘塔的敵人。」

我毛骨悚然，一種討厭的感覺淤積在胃部深處。

鐘塔絕非清白廉潔的組織。許多人的盤算交織在一起，在權力的多重結構中腐敗……以這層意義來說，是阿特拉斯院完全無法相比的。誰是同伴，誰是敵人，根本分不清。

如果是這樣的話。

認為鐘塔內有哈特雷斯的同夥不是很自然嗎？

「原來如此。我也會進行調查，不過對手若是法政科，希望妳別期待有什麼成果……雖然法政科也未必團結一致。」

萊涅絲有些憂鬱地閉起一隻眼眸。

就算在權謀術數如同家常便飯的鐘塔，法政科也是個特別的名字，她能動用的手段必然會受限吧。

「對了，翠皮亞只說了這些嗎？」

萊涅絲像隻愛惡作劇的貓咪般，倏地往桌面探身。

她圓圓的眼睛閃閃發光。不分男女，許多人都會感受到那股讓人沉溺其中的魅力吧。

「對、對啊。」

「真的？真的嗎？」

正當萊涅絲緩緩逼近我的時候。

「咿嘻嘻嘻嘻！我一覺睡醒，就到了美食時間啦！」

刺耳的叫喊突然從我右肩的固定裝置（Hook）傳來。

「亞德。」

「嘻嘻嘻，明明是格蕾還開姊妹淘聚會，真囂張！剛好有機會，要我參加也可以喔！雖然匣子沒有性別，當下哪一種有利就是哪一種了！管他睡衣派對或什麼活動我都會出席，如果找些合我胃口的美女過來就更棒——」

看來這是他本人的要求。我解除固定裝置，用力猛搖籠子，他發出像蟲子被壓扁般的慘叫，但我才不在乎。誰在乎啊，他知道我之前有多擔心嗎？

萊涅絲興高采烈地拍手，托利姆瑪鎢若無其事的臉龐表面反映出叫嚷的匣子倒影。

那段時間，我玩得很開心。

開心到動作忍不住越演越烈，不小心欺負亞德欺負得太過火，之後只得跟他道歉。

開心到幾乎掉淚。

其實，翠皮亞還告訴了我另一件事。

但唯有這件事，我無法向萊涅絲和亞德透露。

*

——他是這麼說的。

與理法反應的那一戰結束後。

在亞德再度沉睡之際，翠皮亞向我拋出話頭。老師剛好在跟費拉特他們商量往後的事務，注意力沒放在我們這邊。

「作為這次的謝禮，給妳一個忠告，以後妳最好別使用先鋒之槍。」

「……咦？」

我沒想到會突然聽見這種話，不知該如何回應。

「為什麼？」

「妳在魔眼蒐集列車上解放過先鋒之槍吧，那的確是有資格替故事落幕的寶具。昔日曾扮演舞臺主角的英靈們，也不得不對那把盡頭之錨甘拜下風。不過，幸好寶具威力並不完整，如果十三封印通過議決全數解放，亞德無疑會毀損。」

「……啊。」

那番話我完全能理解。

的確，亞德在魔眼蒐集列車案件後，變得格外想睡。那些睡眠是修復亞德需要的休息嗎？

「他是極度精密的禮裝，在一定程度上可以自我修復。不過，那也到達了極限吧。雖然不完整，解放過十三封印的聖槍造成的負擔就是如此沉重。這也難怪，對原型而言，那個對手想必也有些棘手。」

「原型？」

「唔，妳沒發現嗎？當然亞德的記憶受到限制，不過在他勉強顯現出凱爵士的精神模型時，事實就顯而易見了吧。更何況是構築出假想寶具，那只有一個可能。當然，那是在原型的演算空間裡才能達成的絕技。」

阿特拉斯院的鍊金術師如此告訴我。

「作為封印禮裝的亞德，核心就是理法反應複製品(Logos React Replica)。」

＊

鍊金術師的話語像根拔不掉的刺般，依然刺在我胸口。

老師或許已經發現了。正如翠皮亞所言，那是可以透過反覆推論得出的事實。憑老師善觀察的眼光，沒看穿這件事反倒才不自然。

（……可是。）

可是，關於亞德毀損的可能性呢？

先鋒之槍幾乎沒有需要解放的時候，但繼續和哈特雷斯接觸的話，不能說不會發生那種狀況。更何況，聖杯戰爭這個關鍵字頻繁出現，如今遠東的第五次聖杯戰爭即將舉行，很難講什麼時候會發生大事件。

如果老師或萊涅絲有性命之憂，我會揮動先鋒之槍嗎？

那個問題在腦海中反覆浮現。打從出生以來，我從不曾像這樣持續地思考一件事。

第二天，我離開宿舍，前往德魯伊街。

涼颼颼的天氣讓呼出的吐息染上白色。如果我說我們短短幾天前還在歌頌夏日，這個倫敦會有多少人相信呢？

另外，艾梅洛教室並未正式恢復教學。

因為身為最高負責人的老師尚未回到崗位。以夏爾單老先生為首，現代魔術科自豪的講師團隊擔起了講課工作，所以沒有什麼問題，但我總覺得教室裡也缺乏幹勁。

我從昏暗的德魯伊街轉入設有結界的岔路。

志願當老師情婦的伊薇特，偶爾也會不請自來地跑來這邊的公寓（Flat），但其他熱情的學生們也布下監視網不讓她搶先下手，結果公寓突然化為決鬥場地，所有人都被老師轟走……我也看過這樣的場面。

我走上螺旋階梯，在敲門後開門而入。門沒有上鎖，凌亂的房間在玄關另一頭展開。大量書籍、文件、衣服、香菸、類似醫藥品的瓶子——以及難得看到的酒與罐頭跟其他各種東西堆在一塊兒，形成一片壯觀的混沌。

在房間更深處看到一如往常的人影，我不由得苦笑。

他是不是有點太過放鬆了？

老師背對以戈爾迪烏斯結為主題的複製畫（Replica），深深坐進沙發裡——不如說是半埋在沙發裡。

他用懶散到極點的姿勢一味按著手把。

總覺得很久沒看過老師像這樣打電動了。

「老師，你交代的零食和可樂都買來了。」

「放那邊吧。」

老師直盯著液晶電視的螢幕，叼著香菸說道。

他的嘴角泛起了一點鬍渣，搞不好是從昨晚通宵玩到現在。當然，他說過要在家中閉門不出休養兩天消除疲勞，但我沒想到他會把時間全用來專心打電動。

不。

我收回剛才說過的話。我想過情況很可能會變成這樣。老師就是那種人。他現在改抽可以隨便抽的香菸而非平常的雪茄，一定也是為了專注在遊戲上。

我輕聲嘆息，主動提議。

「我可以至少幫你梳梳頭髮嗎？」

「隨妳高興。」

老師努力地盯著螢幕回答。

因為他凝視得太認真，我擔心他的眼睛會疲勞，這個靠魔術可以治好嗎？就算可以，比看普通醫生貴上一位數的醫療費開銷很可能又會讓老師連續抱怨一週左右。

無論如何，我把老師調整成方便梳頭的姿勢，在背後悄悄觸摸他的頭髮。

我拿出梳子，從髮尾開始整理。

老師在生活上很不講究，頭髮打結的地方卻不多，是魔術的效果嗎？我知道他留長髮也是為了魔術，記得老師曾經自嘲，這本來是為女魔術師準備的技術，男性做起來雖然風險低，得到回報也不多。在自嘲的同時又必定實行，很符合老師的風格就是了。

他好像正在玩ＲＰＧ，那個似乎是主角的紅髮鎧甲戰士每次揮劍，怪獸就隨著華麗的特效倒下。老師玩的遊戲遍及各種類別，但他似乎特別喜歡日本製的模擬遊戲與ＲＰＧ。

「……可以請問一下嗎？」

我發問。

「只要妳不介意我邊打邊說的話。」

老師心神不定的回答，不知為何讓我有點開心。只有一點點。

我瞄了桌上的物品一眼開口。

「這些藥是梅爾文先生送來的嗎？」

「對。他在我回倫敦當天上門，硬塞給我恢復疲勞的魔術藥、罐頭與酒。因為肚子餓，我總之先收下了魔術藥和罐頭。」

一半送必需品，一半送嗜好品的作風很像梅爾文的風格。他十分理解老師的特質，知道他會收下需要用到的東西。順便一提，他還會精確地檢查老師收下了哪些東西，將老師欠的人情列成清單。自稱老師摯友的他為人慷慨大方，但討債時宛如惡魔。

「果然沒錯。」

不過——

他在這種時候前來探望老師的心意，更讓我感到欣喜。

經歷這次的案件，我覺得疲憊不堪。

事情雖然解決了，但老師與我身上都留下了傷口。那是肉眼看不見，外表充滿活力，卻會突然令人想停下腳步的心靈創傷。

在我們參與的案件中，第一次無人喪生，反倒還成功救出了應該已經死亡的母親與祭司。明明沒有比這更令人高興的事，我應該覺得安心才對，黏稠的疲倦卻沉澱在身體各處。

多半是因為我感覺事情並未結束。

案件尚未結束。我們尚未切入最關鍵之處。

好一陣子，室內只有電子音效、呼吸聲與梳子梳過髮絲的細響此起彼落。

然後，老師忽然低語。

「……我不該問那種問題。」

不需要說明，我也明白他指的是什麼。

是他問翠皮亞自己是否正確的事吧。

「原以為我有些進步，卻還是一樣不成熟。看來人類這種生物相當難以成長啊。」

「第一次見面時，你也說過這種話。」

我邊說邊回憶起來。

——「我根本沒有任何成長，從那時起一點也沒有改變，完全沒接近我想成為的自己。」

我感到那番話在滲血。

大概是因為這句話，我才會選擇跟隨老師。因為我覺得，這個人或許不會給我正確答案，但他一定會陪我一起煩惱、一起痛苦、一起受傷。

當時的想像是正確的。

不過，我沒想到會像這樣變得痛苦。

「我更加不成熟，所以總是想放聲大喊，會希望有人說我是正確的。」

「我們都失職啦。」

「或許是吧。」

我盡可能慢慢地梳著頭，頷首回應。

沉默又降臨了一會兒。螢幕裡的英雄忙碌地四處奔跑，遊戲似乎已進入後期，巫師學會的咒語多到不多次換頁會放不下。由老師操縱這種巫師，感覺倒是有點諷刺。

「話說在前頭。」

老師依然看著螢幕，這麼說道。

「妳要珍惜朋友。即使被逼得落入束手無策的狀況，妳也沒必要為了我付出奇怪的代價。當個被弟子保護的老師我認命了，但與其害弟子陷入無聊的內心掙扎，我還不如痛快地去死。」

「…………！」

……老師看透了我的苦惱。

亞德好像還在沉睡，沒有插嘴多說什麼。

繼續打電動的老師表情毫無變化，教人討厭。對於我在煩惱的事情，他是洞察一切？覺得不在乎？還是跟我一樣煩惱呢？

「……好。」

我微微頷首。

只是，我也有點想刁難他一下。

「老師好詐。」

「唔。是嗎？」

「是啊。因為你自己總是亂來又犧牲自己，我認為只要求別人不准這麼做很不負責任。」

「……抱歉。」

也許是有所自覺，老師坦率地低下頭。

「我原諒你。作為代替，請回答一個問題。」

「什麼問題？」

他反問。

我梳著頭髮，同時暗中調整呼吸。

這幾天，我一直很在意這件事。我匆匆將問題歸納成形，像這樣拋出話頭。

「你在第二輪裡說過，『我沒有勇氣與不認識我的妳見面』吧。」

「不必記著這種事吧。」

老師皺起眉頭。

他似乎很不想回憶起當時的情景。

老實說，我也覺得很難為情。如果老師不認識我，我有自信自己很可能當場崩潰，化成碎片。

不過，唯獨這個問題，我無論如何都想問他。

「老師，你有勇氣與不記得你的那位王者見面嗎？」

「…………」

他沒有立刻回應。

「老師大概做好覺悟了吧，因為你在魔眼蒐集列車上說過，彼此都保有記憶的幸福，憑自己的人生可償還不清。不過，即使有所覺悟，你有那份勇氣嗎？怎麼做才會擁有那樣的勇氣呢？」

我想要勇氣，我心想。

讓我在說出一堆正確言論前，就足以跟媽媽相見的勇氣。

不等人溫柔地看透我的煩惱，主動向亞德和萊涅絲坦白真相的勇氣。讓我吐露光是想到失去你們，我就害怕得夜不成眠的勇氣。到底要怎麼做，才能擁有那樣勇敢的心靈？只有按下把手按鍵的喀喀聲持續響起。

不管需要等多久我都會等待。雖然不覺得自己很有耐心，但有的時候，我會覺得自己無論多久都能等下去。

現在就是這樣。

不久之後——

「既然放棄參加第五次聖杯戰爭，我們不可能見面了吧。」

老師抛出開場白，柔軟的手指夾著香煙。

灰色的煙霧在地板與天花板之間晃蕩，老師的聲音乘著煙響起。

「但是……我此刻也一直在思考，如果那種奇蹟發生了，到時候我要用什麼方式與他攀談呢？所以，我也還沒有那樣的勇氣。」

他露出微笑呢喃。

「不過當那刻到來，不管有沒有勇氣……嗯，我希望自己哪怕只是犯錯，也能邁步向前，多半只是這樣而已。」

他說話時難為情的側臉倏然沁入我胸中。

老師的眼神太過真摯，真摯得使我感到痛苦。

亞德的真面目、鐘塔的盤算、哈特雷斯的幕後行動都唯獨在這一刻遠去，我僅僅努力地移動梳子。

不過我心知肚明，這段時光很短暫。

因為老師與我都有預感，和第五次聖杯戰爭一樣——這一連串以鐘塔為中心的案件，也將進入最後一幕。

解說

櫻井光

魔術

蠱惑人心的不可思議技術。

——新明解國語辭典第二版

借助超自然存在及神祕力量行使的不可思議之法。

——日本大百科全書

透過魔力行使的不可思議技術。蠱惑人心的不可思議技術。妖術。魔法。

——日本國語大事典

雖然現代像這樣定義，但在從前，知識曾是魔術。

那是遙遠的過去。在我們祖先生活的時代的事情。

繼祈禱與儀式之後誕生的學問與技術當初亦為魔術的一種。

在科學出現前的世界，一部分的發現與發明乃是魔術師們的力量、價值，絕不容許外流。

蘇美、埃及、印度、中國、以希臘為首的地中海世界。在許多古代文明中，據說魔術師們常常對自己的技術保密，不向外公開。

隨著時間的流逝，祕密被外流、公布，最終建立了科學。就連作為神祕學繼續受到保護的驚異與神祕，大都也在人稱祕密儀式公開者的伊利法斯・列維到來後繼續興起的現代潮流中揭開了面紗。

大家應該發現了吧。

魔術。神祕的隱匿。這些事情與以本書主角艾梅洛閣下II世為首的「魔術師」們的生存方式十分相似。

隱匿神祕，避開大眾的目光，棲息在歷史與社會的背面，同時不斷累積知識、磨練技術。魔術師們這樣的姿態，沒錯，正與現實中的魔術師（那些人）相符。

這當然是刻意的安排。

作為一切出發點的奈須きのこ，一邊創造《空之境界》、《月姫》、《Fate/stay

night》、《魔法使之夜》等各部作品——用熱情的筆觸寫出這些名著——一邊在描寫與設定中有意識地穿插了這種與現實的連繫（Link）。

世界的姿態並非只有我們的眼睛看得見的事物，在背面還有被隱藏的真相，另一個令人驚訝的世界在那裡擴展開來——

值得驚嘆的作者特質與想像力的展現，跟詳盡的知識基礎融合成形。

在有時稱作傳奇的故事類別裡，散發耀眼光芒的正統風格。

在各部作品發表數年後，現在有一個故事在描寫上最濃厚地繼承了這種戰鬥（風格）方式。有一位作家懷抱明確的意圖，才華洋溢地以這種方式運用精致的筆法在戰鬥。

他就是三田誠。

三田誠本來就是以擅長「魔術」著稱的作家。

其筆下有《魔法人力派遣公司》系列這部燦然生輝的優秀作品，近年的《十字架×王之證》等作品也令人記憶猶新。他是建構故事的專家，在他筆下可以認識棲息於現實與架空中的魔術，時而解謎並拓展世界，並描繪在那裡生活的人們，寫出令人興奮期待的故事。

同樣以奈須きのこ盟友的身分為人所知的三田，會執筆諸作品（東出佑一郎在本系列第五集解說提及的《Fate》世界、TYPE-MOON世界，外國風說法為Nasu verse）當中的最新作，恐怕是相當於命運的必然性。

現在，故事中的第四個案件在本系列第七集落幕。

與可以說是來自過去《Fate》世界的訪客邂逅，並肩奮戰，【生還】的艾梅洛II世與格蕾，往後會走上什麼樣的道路呢？如同魔術的驚異在我們的世界隨著時間流逝揭開面紗一般，他們的故事會抵達完結這個終點，揭曉尚未談論的許多謎團嗎？

終於要從本書結尾展開的《艾梅洛閣下II世事件簿》最後一案，三田誠戰鬥的結局，還請大家拭目以待。

他必定會達成一切。

就像挑戰驚異的伊利法斯．列維一樣。

就像挑戰案件的艾梅洛閣下II世一樣。

後記

三田誠

——比方說，在遙遠昔日做出的承諾。

比方說，只活在回憶之中的某個人的笑容。

亡者的記憶一直像這般漸漸變淡、消失，這才是祝福嗎？

讓大家久等了。

為大家送上《艾梅洛閣下Ⅱ世事件簿》第七集《阿特拉斯的契約（下）》。

上一次，奇特的鄉下終於暴露原本的面貌，新的（不過一直潛伏於故事影子裡的）人物登場……結束在這種地方，我想也會有讀者迫不及待地想看下去。可以按照約定如期將書送到大家手上，我是最放下了心的人。

如同上集也曾提及的，這是死亡與墳墓的故事。

在這個情況下，墳墓並非純粹是亡者永眠之地，也是面對亡者之地。亦是面對遙遠的過去，確定自己現在的存在方式，摸索未來所須的路標。因為亡者不是從這世界消逝的人們，而是在我們心中持續脈動的思想（心靈）本身。

正因為如此，聚焦於格蕾的故鄉布拉克摩爾墓地的這個故事，必然會處理過去、現在與未來的一切。在這一集中也終於逐步揭示系列整體的謎團，我也再三地重看原稿，檢查時間順序以及發生過的事。

而且，這次談到的題材並非只有死亡與墳墓。

村民們與墓地緊密相關的夙願。

阿特拉斯院縈繞不散的影子。

監視他們的聖堂教會。

各種各樣個人與組織的盤算在乍看之下只是有些古怪的鄉間交織在一起，形成TYPE-MOON世界獨特的黑暗。那種有些人應該會稱之為瘋狂的黑暗，同時也極具魅力……我抱持這個想法寫下的故事，如果能得到你的肯定，就是我最大的喜悅。

*

好了，上一集也提到過，《艾梅洛閣下II世事件簿》漫畫版終於在《Young Ace》上開始連載了！當東冬老師第一次送來分鏡稿時，我感動萬分！成品出色到散發著「氣勢」，從頁面各個角落都能感覺到魔術氣息，我從現在就開始期待單行本的出版了。

另外，一如往常負責精細魔術考證的三輪清宗先生、替本書描繪震撼力與美麗兼備的插圖的阪本みねぢ老師、協助檢查費拉特的臺詞等部分的成田良悟老師、全面處理監修與編輯等各種事務，以奈須きのこ先生與ＯＫＳＧ先生為首的TYPE-MOON全體工作人員們，我謹在此致上謝意。

以前我在《TYPE-MOON Ace》的訪談中曾經談到，從《艾梅洛閣下II世事件簿》決定系列化的那時候開始，我就有了故事將由共五部組成的想法。構想分別是作為序言的第一部、決定故事「樣式」的第二部、作為轉折點的第三部、回收伏筆並進一步加速進展的第四部。

話雖如此，這趟旅程並未按照預期進行。

因為《Fate/Grand Order》在途中開始營運，事件簿漫畫版也像前面所說的開始連載，與他一起刻劃的故事變得遠比我最初的構想更加多層化，並具有了多種意義。一年大約有一半的時間，我一直在思考其他作家託付給我的珍貴角色與世界應該如何發展。我多次重新構思，重新選擇客串角色，總算走到了第四部的結尾。

從下一集開始終於將進入第五部──最終章。II世、格蕾與艾梅洛教室的成員們一路編織的故事，將邁向一個結局。

希望你務必將故事見證到最後。

我們於夏天再會。

二〇一七年十一月

記於閱讀在《Young Ace》連載的《艾梅洛閣下II世事件簿》漫畫版時

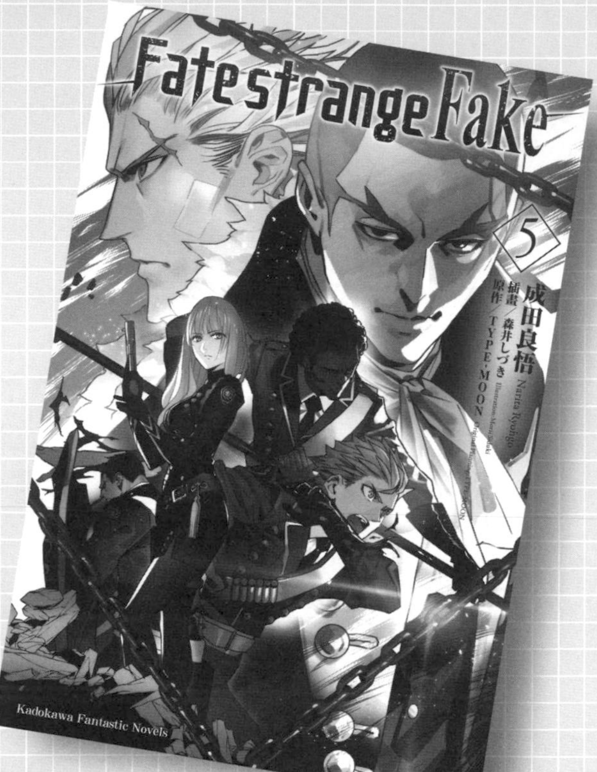

Fate/strange Fake 1~5 待續

Kadokawa Fantastic Novels

作者：成田良悟　原作：TYPE-MOON　插畫：森井しづき

那是諸神的戰爭，或者是地獄？
變質了的大英雄——「真弓兵」顯露威勢！

「真弓兵」企圖屠殺沉睡於醫院中的女孩，對此挺身而出的是二十八人的怪物。對這場絕望般的戰鬥，首次在戰場上現身的「術士」，祭出了足以逆轉形勢的王牌。另一方面，趕到醫院前戰場的「劍兵」，向等級遠遠凌駕在他之上的英靈吉爾伽美什進行挑戰⋯

各 **NT$200~220/HK$60~73**

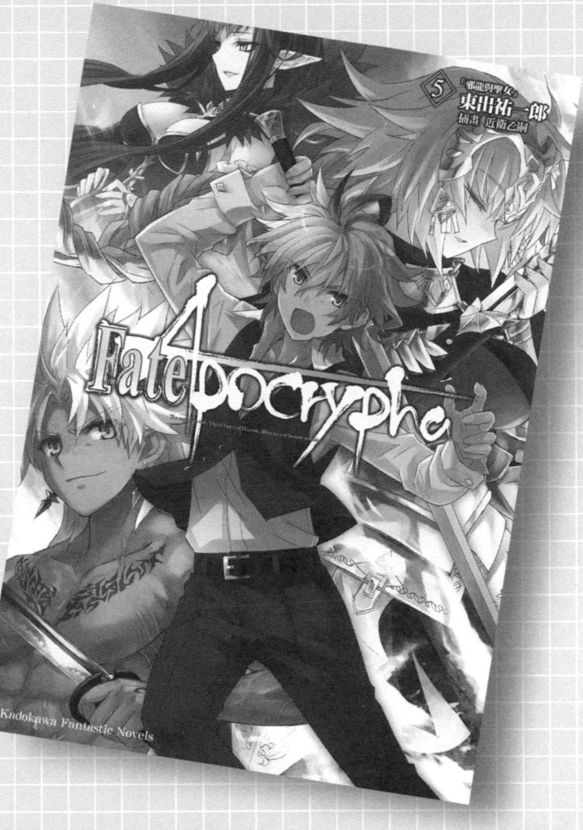

Fate/Apocrypha 1~5（完）

Kadokawa Fantastic Novels

作者：東出祐一郎　插畫：近衛乙嗣

當彼此的想法交錯，烈火再次包圍了聖女。
而齊格帶著最後的武器投入最終決戰——！

「黑」使役者與「紅」使役者終於在「虛榮的空中花園」劇烈衝突。以一擋百的英雄儘管伸手想抓住夢想，仍一一逝去。「紅」陣營主人天草四郎時貞終於著手拯救人類的夢想。裁決者貞德．達魯克猶豫著此一願望的正確性，仍手握旗幟挑戰——

各 **NT$250~320/HK$75~107**

國家圖書館出版品預行編目資料

艾梅洛閣下II世事件簿 / 三田誠原作；K.K.譯. --
初版. -- 臺北市：臺灣角川, 2020.07-
冊；　公分. -- (Kadokawa fantastic novels)
譯自：ロード.エルメロイII世の事件簿
ISBN 978-957-743-881-2(第6冊：平裝). --ISBN
978-986-524-127-8(第7冊：平裝)

861.57　　　　109006787

Kadokawa
Fantastic
Novels

艾梅洛閣下Ⅱ世事件簿 7

（原著名：ロード・エルメロイ Ⅱ世の事件簿 7）

2020年12月14日　初版第1刷發行

作　　者：三田誠
插　　畫：坂本みねぢ
譯　　者：K.K.

發 行 人：岩崎剛人
總 編 輯：蔡佩芬
編　　輯：蘇涵
美術設計：宋芳茹
印　　務：李明修（主任）、張加恩（主任）、張凱棋

發 行 所：台灣角川股份有限公司
地　　址：105台北市光復北路11巷44號5樓
電　　話：（02）2747-2433
傳　　真：（02）2747-2558
網　　址：http://www.kadokawa.com.tw
劃撥帳戶：台灣角川股份有限公司
劃撥帳號：19487412
法律顧問：有澤法律事務所
製　　版：尚騰印刷事業有限公司
ＩＳＢＮ：978-986-524-127-8